DUZHE CONGSHU

# 无悔今生不自愁

读者丛书编辑组 / 编

读者出版传媒股份有限公司

甘肃人民出版社

甘肃·兰州

**图书在版编目（ＣＩＰ）数据**

无悔今生不自愁 / 读者丛书编辑组编. -- 兰州：
甘肃人民出版社，2022.10 （**2024.11重印**）
ISBN 978-7-226-05832-9

Ⅰ．①无… Ⅱ．①读… Ⅲ．①散文集－中国－当代
Ⅳ．①I267

中国版本图书馆 CIP 数据核字（2022）第 094136 号

总　策　划：刘永升　马永强　李树军
项目统筹：宁　恢　高茂林
策划编辑：高茂林
责任编辑：高茂林
助理编辑：程　卓
封面设计：裴媛媛

**无悔今生不自愁**
WUHUI JINSHENG BUZI CHOU
读者丛书编辑组　编
甘肃人民出版社出版发行
（730030　兰州市曹家巷1号新闻出版大厦14楼）
三河市嵩川印刷有限公司印刷
开本 710 毫米×1000 毫米　1/16　印张15.5　插页2　字数194 千
2022年10 月第1版　2024年11月第 4 次印刷
印数：30 001~32 000
ISBN 978-7-226-05832-9　　定价：39.00 元

# 目 录
## CONTENTS

1

# 工坊里的"三重奏"

虢雪

1

朋友老夏就职于一家黄金公司，因知我曾在博物馆工作，尤其喜欢传统文化中的金银玉器，于是发出邀请，让我近距离感受他和一帮同道所在公司的古法金器工坊，是如何通过传统的古法手工工艺将一块块金疙瘩打造成巧夺天工的金器的。

一进入加工车间，我便被各式金器包围，它们或精巧，或古朴，或被层层花丝缠绕，或因嵌了珠宝钻石而熠熠生辉。因设计纹样、制造工艺等都与中华传统文化密切相关，虽都是黄金制品，但全然褪去了黄金那种绚烂耀眼的金属感，反而给我一种色泽温润、华而不炫、贵而不显的感觉。

"古法花丝镶嵌制金工艺是非物质文化遗产，出自宫廷造办处，在京城传承近百年。我们从前辈匠人那里接过衣钵，几经周转从北京来到古城岳阳。这里不乏能工巧匠，做这行基本上10年起步，二三十年的也不稀罕。有的更是家传的童子功，一出手连着几代人的手艺。"

进到一间花丝工作室。4名匠师正伏案合力制作金蝉。金蝉通体只有5厘米长，蝉身古朴无奇，双翼的花纹却极尽繁复。我禁不住凑近仔细观看。

一位刘姓师傅正专注于一只3厘米长、薄如纸片的蝉翼。他左手的食指轻轻固定住蝉翼，右手用镊子从料盒中选取长度约2毫米、细如毫发的金丝脉络，夹住后在特制的胶水袋上做个"蜻蜓点水"的动作，然后一根根地将这些脉络黏合。这期间，他整个身体几乎静止，躬着的背看不到呼吸的起伏，只剩右手和眼睛精准地配合着。

"我们几个性子比较像，又慢又轴。老刘做了5年蝉翼，我跟在旁边打磨蝉身也快5年了。"刘师傅身旁的小文师傅给我展示了他引以为傲的右手——因为常年使用锉具，他右手3根手指上的指纹已经被磨得看不清楚。

用小文的话说，他们4个人不喜热闹，也不爱凑热闹，习惯了坐冷板凳。

"有些人在许多件事里找快乐，我们是在一件事里找快乐。"

"找什么快乐，找麻烦还差不多！"这边刘师傅右手的动作慢慢停下，隐约听见他轻轻吁了一口气，然后用镊子将先前黏合的脉络一一拆掉。他抬起头，说："老孙，帮我放首许巍的歌，刚中奖了，得缓一缓。"

一只蝉翼有300条脉络，做一双这样的蝉翼要4到6个小时。像刘师傅这样技法纯熟的匠师，每天也做不了几对。只要有一根脉络跟翼骨没有完整结合，就只能全部拆掉重做。

这种"中奖"的情况，很常见。

"穿过幽暗的岁月，也曾感到彷徨，当你低头的瞬间，才发觉脚下的路，心中那自由的世界，如此的清澈高远……"花丝工坊里，许巍舒缓却又透着坚毅的歌声回荡着，纾解了工匠的片刻沮丧。

据说这首歌是许巍献给玄奘大师的，蓝莲花象征着希望、自由、永恒、平静……看着这些追求极致技艺的匠人，我的神思一下子飞了出去，仿佛看见西行的路上，迎着玉门关外的漫天黄沙、顶着高昌城的炎炎烈日、涉过孔雀河、翻越大雪山的三藏法师，为了追求心中的理想，上下求索的动人画面……

## 2

在精工工坊，大师傅老夏正在给身后的小徒弟们展示他的"锤揲"绝活。老夏长得斯斯文文，做这行已经15年了，是家传的手艺。制作龙凤牌和南瓜壶这两种经典器型，是他的拿手活儿。

他右手拿一把小锤，左手持一只粗坯金碗，有节奏地敲打着。"这活不难，不过是一锤一锤地敲。难的是心绪，要稳定平和。难的是时间。敲一百锤简单，敲一万锤就很难了，而敲一万锤还要有敲一百锤时的心绪，就难上加难。拿这只金碗来说，器型要做到圆、稳、匀、正，线条要足够流畅，手感要温润，一万锤敲下来，和第一次落锤的力度并没有什么不同。大巧不工，不着痕迹，这就是功夫。"

的确，把简单的事情重复做，重复的事情用心做，做到精巧、极致，绝非易事。百次、千次、万次……重复同一件事、同一个动作、同一个想法，才能成就一个真正的工匠。一个真正的工匠要做的，无非就是过自己的关、渡自己的河、翻越自己心中的一座又一座大山。

用徒弟们的话说，老夏的手艺没得说，做人更是榜样，"镂胎""锤揲""錾刻"，这些重要的传统古法制金工艺，他从不吝惜教给年轻人。

老夏在做活时，都会放音乐。"起初不这样，传说一个大师傅在做如意的时候随意放了首经典古曲，谁知道竟意外获得创作的灵感，最后还拿了一个大奖。就从那儿起了头，一传十、十传百的，放曲听歌都快成我们公司——老铺黄金工匠们的传统了。"

老夏给我展示了能显示他"锤揲"和"錾刻"本事的南瓜壶，"在做器型的时候，加一点自己喜欢的旋律进来，这就是玄机所在"。他将自己最得意的一把壶命名为"晚风壶"。这把壶，壶身取南瓜的八瓣造型，腹小口圆。壶把做成随意弯扭的瓜蔓状，藤蔓装饰壶身，钮似瓜蒂，身为瓜形。既显工匠技艺，又有文人意趣，真是一把好壶。

## 3

"气蒸云梦泽，波撼岳阳城。"盛夏的古城岳阳，烟波浩渺的洞庭湖还未见一角，扑面的热浪已先声夺人，如同把一个人直接丢进笼屉中蒸着、烤着。烈日下的一花一叶纷纷低着眉眼，就连远处的山峦，也因这撼城的水汽，变得影影绰绰。

"来了岳阳，岳阳楼是一定要去的。"从工厂出来，老夏再三提出陪我去趟岳阳楼。

登楼前，老夏邀我在碑亭处逗留，他说这儿的碑刻同他的"錾刻"技法是同源的。然后给我讲线条的粗细、敧正、呼应关系。最后总要落到錾刻的道理上来。

随口聊着工坊的见闻，老夏说："刘师傅是个闷葫芦。你别说，他最拿手的还真是做葫芦，他做的'福禄万代花丝葫芦'，比起金蝉，工艺复杂何止数倍，需要有手工编花丝图案的本事。据说，这家伙为了锻炼编花的手法，下了班回去就织毛衣。"

我们边走边聊，登到岳阳楼最高处。

此处终于可以躲开骄阳，临窗听涛，饱览洞庭美景了。

老夏说："你猜《岳阳楼记》里，我最喜欢哪一句？"

"世人提到这篇文章，要么是'先天下之忧而忧，后天下之乐而乐'的家国情怀，要么是'不以物喜，不以己悲'的处世心境。"

"拿我们这群人来说，自打从北京来到洞庭湖畔，这其中的况味，真是'悠然心会，妙处难与君说'。道理有时是不管用的，因为道理谁都懂，有些东西要超越道理才有意义。知道这行里能出大师是一回事，坐得住几十年的冷板凳、吃十倍于常人的苦，最后成为大师，是另一回事。"老夏呢喃着，轻轻吐出一句，"微斯人，吾谁与归……"

我知道，这便是老夏的答案了。

"帘旌不动夕阳迟""徙倚湖山欲暮时"，缓缓西沉的夕阳铺在湖面上，一半冷绿一半红。

傍晚的风掠过洞庭，起于青蘋之末，扶摇直上。

（摘自《读者》2021年第21期）

# 忧愁上身

贾樟柯

有一年春节，我从北京回老家汾阳过年，电话里和一帮高中同学约好初四聚会。初四早晨，县城里有零星的鞭炮声。我一大早就醒来，开始洗澡换衣服，心乱，像去赴初恋的约会。

又是一年不见，那些曾经勾肩搭背、横行乡里的春风少年，被时间平添了一些陌生感。到底是有牵挂，一干人围坐桌边，彼此客气，目光却死盯着对方。一个同学捧着菜单和服务员交涉，其余人假装礼貌选择沉默。包间里静极了，大家听他点菜，个个斯文得像在上班主任的课。他们一口一口吸烟，我一眼一眼相望。可惜满目都是同窗好友老了的证据，想调侃几句，一时又找不到合适的乡语。

这时，一个做推销的同学吐了一个烟圈后，一下找到了高中时代的兴奋感，盯着我"拷问"道："贾导演，老实交代，今年你又交往了几个？"

青春虽走，荷尔蒙犹在。这个话题让一屋子刚步入中年的同学顿时焕发了青春。对我的"审讯"让所有人激动起来，我接受这莫须有的"罪名"，只为找回当年的亲近。就像高一时，他们捕获了我投向她的目光中的爱慕，在宿舍熄灯后杜撰我和她的爱情，而我选择不辩白，夜夜在甜蜜的谣言中睡去。

今天，甜蜜已经消散。我被他们的"罚酒"搞得迅速醉倒，在酒精的炙烤中睡去。下午醒来，不知身处何处，耳边又传来同学们打牌的声音，我闭着眼听他们吵吵闹闹，像回到当初。记得高考前也有这样的一刻，我们这些注定考不上的差生破罐子破摔，高考在即却依旧麻将在手。有一天我躺在宿舍床上听着旁边的麻将声，想想自己的未来，心里突然一阵潮湿。十八岁前的日子清晰可见，之后的大片岁月却还是一张白纸。我被深不见底的未来吓倒，在麻将声中用被子拼命捂住自己，黑暗中我悄悄地哭了。

那天没有人知道，他们旁边的少年正忧愁上身。

二十九年过去，睡眼蒙眬中我又听到了熟悉的麻将声，听他们讲县里的琐事，竟觉得自己日常乐趣太少，一时心里空虚。年少时总以为未来都会是闪亮的日子，虚荣过后才发现所有的记忆都会褪色。这时，又想了想自己的未来，未来于我好像已经见底，一切一目了然。我为这一眼见底的未来伤感，心纠结成一片。

原来，人到中年还会忧愁上身。

想一个人走走，便起身出门，到院子里骑上同学的摩托车，漫无目的地开了起来。不知不觉中我已经穿越县城，走上了那条熟悉的村路。村路深处，暮霭中的山村里有曾经和我朝夕相处的同学。

他和我一样，第一年高考落榜了。我避走太原学画画，他没有复读回了农村。以后的日子，见面机会越来越少。友情的火焰被坚硬的现实压住，大家没有告别便已各奔前程。"曾经年少爱追梦，一心只想往前飞"的这些年，一路上失散了多少兄弟，连我自己都说不清楚。此时此刻，我却站在他们村口。以前县城里老停水，一停水我就拉一辆水车去他们村里拉水，每次都会在他家里小坐一会儿。那时候村里人普遍睡土炕，或许是受了在县城读书的影响，他把一间窑洞里的土炕拆了，自己生炉子搭床睡，还把床铺收拾得整整齐齐。

我骑摩托车进了村，村里有些变化，街道结构却一切如旧。到了他家刻有"耕读之家"门楣的大门口，一眼就看到院子里他的父母。我被他们"搀扶"着进了房间，寒暄之后才知道我的同学走亲戚去了。多年不见，他的房间竟然没有丝毫改变。

"他还没有成家？"我问。

"没有。"他的父母齐声回答。

沉默中我环顾左右，突然在他的枕边发现了一本书，那是20世纪80年代出版的《今古传奇》。上高中的时候这本《今古传奇》从一个同学手里传递到另一个同学手里。这本书在教室里传来递去，最后到了他的手里，直到现在还躺在他的枕边。这二十几年，日日夜夜，他是不是翻看着同样一本小说？一种"苦"的味道涌上心头，一个又一个漫长的山村之夜，他是不是就凭这一本《今古传奇》挺了过来？我骑摩托返城，山边的星星装点着乡村的黑夜，这里除了黑还是黑。我突然想，在这一片漆黑的夜里，他会不会也和我一样经常忧愁上身？

我常常会想起过去，想起我们各奔前程的青春往事。可是，同处这个世界，我们真的能彼此不顾，各奔前程吗？

（摘自《读者》2020年第6期）

# 一条街的好人

张小冉

1

清晨5点半，位于湖南省长沙市雨花区德馨园社区的连排商铺大门紧闭，附近的居民楼还沉睡着。

刘国兴和妻子周美其从家步行至粉店，用时3分钟。卷帘门"哗啦"一声，发出划破黑夜的声响。"好人多粉店"的招牌在黑夜中被点亮。等做好各种准备工作，天空已透出光亮，城市逐渐苏醒，小店被烟火气息填满。

2005年，47岁的刘国兴从长沙市的一家建筑公司下岗，妻子待业在家，两个女儿尚在读书，一家四口失去经济来源，挤在40多平方米的房子里。

下岗之后，刘国兴卖过酱油、萝卜干，倒腾过建筑用的竹板。几年的尝试，均以失败告终。

2011年8月，邻居谷娭毑（娭毑，方言，泛指祖母级长辈——编者注）建议刘国兴盘下社区里正在转让的一家粉店，方便他们夫妻在照顾孩子之余，有一份稳定的收入。

开张第一天，社区的邻居们都来照顾刘国兴的生意，粉店人满为患。

隔天，粉店却忽然没有一个人光顾了。邻居支支吾吾地告诉刘国兴："老弟，不来恰（方言，即"吃"——编者注）粉吧，对不住你；来恰粉吧，实在恰不下去。"

在开店前，刘国兴连厨房都没进过，煮粉纯靠感觉，一锅炖。在他无计可施时，住在F区的刘老嗲嗲（嗲嗲，方言，泛指祖父级长辈——编者注）主动来到刘国兴的店里，指挥刘国兴倒掉旧汤，手把手地教刘国兴重新熬了一锅高汤。

刘老嗲嗲是原国营厂的厨师，炉灶上的功夫自然精，骨头和汤的比例、文火煮的时间、打泡子的手法，他事无巨细地将熬高汤的技巧传授给刘国兴，还将自己制作码子（米粉的配菜）的手艺倾囊相授。

在那之后，到对面吃粉的邻居们，又回来了。

## 2

从一开始，刘国兴的粉店就像是社区里的邻居"七拼八凑"起来的。盘下店铺需要付4000元的转让费，加上房租、水电费以及添置硬件设备的资金，大约需要2万元。这对当时的刘国兴来说，是笔巨款。

介绍他开店的谷娭毑当场掏出2000元钱，支持刘国兴盘店。随后，社区的邻居们闻讯而来，纷纷伸出援手，300元、500元……没有人向刘国兴索要借条。粉店在大家的众筹下，顺利盘了下来。

刚开始营业的时候，粉店里基础配置短缺。对于第一次涉足餐饮的刘国兴，一家餐馆基本的配置，他都没预备妥。让人意想不到的是，邻居们纷纷折回家中，这位嫂嫂送来一口砂锅，那位嗲嗲抓来一把筷子，拿来的碗有方的、圆的、扁的，其他的物品也是东拼西凑，各式各样。再后来，门口又不知不觉多了两把椅子和几个圆凳。

自嘲"无钱、无经验、无设备"的刘国兴夫妻，就这样把粉店开起来了。

2016年10月，刘国兴将邻居帮他垫付的开店资金全部还清，盘点之后，还有2000余元结余。

他正为改善生活而得意时，又被生活绊了一跤。刘国兴一不小心摔断了腿，是3位邻居第一时间将他送去医院。

刘国兴下岗后，没有自费购买医保，掏不出钱做手术。彼时，转让粉店预估可以收回2万元的转让费，刚好够支付治疗费用。他躺在病床上，想着悄悄把店盘出去换取手术费。

大家从送刘国兴去医院的邻居口中听到实情，纷纷上门劝阻夫妻俩转让店铺。大家自发捐款，很快凑齐了手术钱。

不仅如此，邻居们还自发轮流到粉店做义工，比如，一位抹桌子的嫂嫂赶着回家照顾刚睡醒的孩子，另一位婆婆会立马顶上。收钱、煎蛋、洗碗，社区的邻居们上演了一场粉店服务员的接力。

2017年3月，刘国兴出院后，将粉店改名为"好人多粉店"。刘国兴觉得这个社会的好人特别多。

## 3

受恩于邻里，刘国兴开店时就定下规矩：60岁以上无劳动能力、无生活来源、无赡养人的"三无老人"和学龄前儿童，吃粉统统免费。这个规矩，至今仍在延续。

好人多粉店对面的居民楼里，住着一位粉店的忠实顾客刘娭毑，她是孤寡老人，靠捡废品维持生计。粉店开张以后，刘娭毑几乎每天都来店里吃粉，刘国兴从来不收她的钱。

但凡有一天刘娭毑没按时光临粉店，刘国兴都会打着给刘娭毑送粉的名义，亲自上门查看她的情况，他担心老人在家里发生意外。刘娭毑家里的电器出现问题、墙壁或灶台脏了需要清理、水电气出现状况，刘国兴都会亲自上门帮她处理。

作为回报，刘娭毑长期和霞娭毑在粉店义务帮忙。空闲时，她还会坐在粉店门口扯着嗓子帮刘国兴招揽生意。

"来恰粉，好吃！"

两个人之间的"互助关系"维持了很长一段时间。直到后来刘国兴拒绝刘娭毑再到店里帮忙——她被查出患尿毒症。患病后的刘娭毑身体每况愈下，刘国兴经常打车将刘娭毑送到医院，偷偷塞钱给她看病。后来，刘娭毑下楼变得吃力，刘国兴几乎天天端着一碗粉，送到她家里。

2020年下半年，刘娭毑不幸离世。谈起刘娭毑，刘国兴哽咽了："她把我当崽（孩子）看嘞，我也尽力帮她。"

至今，好人多粉店的墙壁上，还挂着4年前刘娭毑送来的一面锦旗，锦旗上题着：好人一生平安。

在原子化时代，人与人之间的关系是割裂的，人际关系疏离，大多数人在生活中保持着"安全距离"，即便是朝夕相处的邻居。《中国青年报》做过一项关于邻居的调查，四成以上的人表示不清楚自己家隔壁住的是谁。

然而在刘国兴所在的社区，邻里之间打破了人际交往的枷锁，那一碗碗热腾腾的粉成为社交美食，在谈笑间吃进肚里，将邻里关系变得像粉一样，柔软、温暖而松弛。

## 4

"老刘，点100碗粉咯，你安排着送给有需要的人。"

"刘老板，我捐2000元钱。"

"我捐5碗粉，指定捐给易嗲嗲。"

好人多粉店开业后，社区里陆续有人到店，捐赠钱和粉。

刘国兴听说国外有一种"墙上咖啡"——顾客到店里喝咖啡时，会多付几杯的钱，每多一杯咖啡就用一张便签记下贴在墙上。生活困难的人来店里，点一杯"墙上的咖啡"，不用付钱，也不用降低姿态。

刘国兴依葫芦画瓢，按爱心人士捐赠的米粉数量，在店里挂上了"墙上米粉"的牌子。老人、孩子来到粉店，取下牌子，不用说一句话，热气腾腾的米粉就端了上来。

9年多以来，到底送出多少碗粉，刘国兴也记不清了。一直在好人多粉店义务帮忙的霞嫂驰只能说个大概：好人多粉店每天能卖出70多碗粉，送出免费粉20多碗。按照一碗粉8元钱的价格预估，迄今赠送的粉价值多达几十万元。

刘国兴不在意，"没有统计过这些数据，流浪者来了，想恰就恰；说没钱的人，就不用给钱。如果统计这些，就是有心在搞这个事了，就莫

（没）意思了。"

如今，刘国兴每天依旧笑盈盈地站在好人多粉店的门口，大声吆喝路过的乞丐、流浪汉、老人、小孩进店免费吃粉。"想恰就恰"，没有哪个弱势群体被划拨到互助范围之外。

一碗粉的善举能激起多大的涟漪，恐怕连刘国兴本人也想象不到。在社区的组织下，好人多粉店周边的理发店、药店、卤味店、修脚店等10余家店铺陆续响应，向困难户、老人、小孩等群体开展免费服务或提供长期折扣，渐渐形成"好人好店一条街"。越来越多的"好人好店"，帮人们找回了住进高楼后丢失的东西。

（摘自《读者》2021年第10期）

# 艰辛与成全

李会鑫

一连几个下午，我都在菜市场见到她。

她看上去有60多岁了，齐肩的头发已经花白，参差不齐地垂下来，看上去平时也不怎么打理。此时，她正蹲在地上，小心翼翼地整理眼前用蛇皮袋垫着的几把空心菜和几根黄瓜。6月的下午，外面像蒸笼一样，她虽然戴了草帽，脸上还是流了很多汗。

我在想，就这么点东西，全卖了也不过十几块钱，值得她吃力地蹲一下午吗？我拿了一把已经有点蔫的空心菜让她称重。她马上帮我换了一把好的放进塑料袋，然后收了我1.5元钱。我知道那把蔫的很难再卖出去，于是执意要和她换一下。几经推辞之后，她同意了，对我说了句"你人真好"。我问她为什么卖这么少。她说这都是自家种的，现摘现卖，摘多了卖不出去，自己也吃不了那么多，怕浪费了。我再问她，这一天下来能卖多少钱。她叹了口气，说自己无儿无女，丈夫腿脚不便，也不指望能卖多少，有个十几块钱去买点肉也算过日子了。"日子不就是这样过的吗？"最后，她还说了这么一句，像在问我，又像在自言自语。

现在已经是2020年了，这30年间发生了翻天覆地的变化，我以为大家的生活水平都提高了很多，没想到还有人过得这么艰辛，十几块钱就是一天的收入。

我上小学和初中的时候，感觉每个人的家庭都很相似，没有谁穿得特别好看，也没有谁吃得特别丰盛。可是到了高中，我忽然发现人与人之间有着巨大的差距。有个同学家境富裕，开学的时候父母开着轿车把他送到学校，帮他把各种名牌鞋子和衣服搬进宿舍，生怕孩子受半点委屈；有个同学全家的收入就靠三四亩水田和几十只鸡鸭，父亲来学校送伙食费的时候手里还拿着蛇皮袋，要顺便买些饲料回去。

这是多么明显的差距啊！同样是40多岁，一个雄姿勃发，一个步履蹒跚；一个开高档轿车，一个连鞋子都是破的；一个夹着高档皮包，一个拿着装饲料的蛇皮袋。那位拿着蛇皮袋的父亲趁着周末人少，从教室后门小声地把儿子叫出去，在楼梯处快速地把伙食费塞过去就转身离开了。他没有半点迟疑，也没有回过头看一眼。很明显，他不愿意让别人知道自己的家境，怕儿子被别人看不起，更怕儿子从此在精神上觉得比别人矮一截。在我们这个上百万人口的大县，学生非常多，正是他的儿子，在全县的统考中取得了第一名。我碰巧走上楼梯，看到整个过程，对他和他的儿子充满了敬意。

以前我不理解为什么学生要穿上统一的校服，看到这些家长后才发现这是多么英明的决定。同样的衣服让被裹着的灵魂看上去更加平等，家庭富裕的学生无法炫耀，家境贫寒的学生无须自卑。特别是对家境贫寒的学生而言，学校通过这个体面的办法让他们无须过早地面对人与人之间的差距，维护了他们的尊严，也维护了他们对未来生活的希冀。

　　然而人总是要成长的，总有一天要面对原生家庭的差别。2010年我在北京求学，听说我们班有女生买一套化妆品就花了3000多元，而就在那时，我亲眼看到有男生去食堂就打了3两米饭和两个馒头，连青菜都舍不得买一份。我的家境不算富裕，但是足够维持生活。看到那个男生趁着人少独自坐在食堂的角落，喝着免费的玉米汤啃着馒头，我忍不住一阵心酸。如果可以选择，谁愿意无缘无故受苦呢？

　　在任何时期，总有一部分人的生活比别人的多一些艰辛。古人曾喟叹"富者田连阡陌，贫者无立锥之地""一丛深色花，十户中人赋"。鲁迅在《小杂感》中也曾感慨："楼下一个男人病得要死，那间隔壁的一家唱着留声机；对面是弄孩子。楼上有两人狂笑；还有打牌声。河中的船上有女人哭着她死去的母亲。"

　　我看见有些人由于家境贫寒没办法完成学业，想摆脱贫困却没有一技之长；有些人天生残疾，却要肩负起一家人的生活；有些人年老体弱，迈开一步就用尽全身力气。我希望这个社会"老有所终，壮有所用，幼有所长，矜寡孤独废疾者，皆有所养"，因此有时候会恨自己没有能力帮助他们改变命运，甚至没办法让他们相信人生会迎来转折。

　　我羡慕那些不需要负重前行的人。他们在家人建造的乐园中愉快地成长，身边从不缺温情的陪伴和坚实的臂膀。在其他人历经风雨时，他们最先看到的却是彩虹。他们也会表示同情、忧虑和安慰，但是他们很难切身体会揭不开锅的家庭忽然得到一块肉时的惊喜和满足。我们有时候会觉得他们不通人情世故，然而我们不得不承认，他们过的就是我们向往的生活。虽然岁月的艰辛可以锻炼人，但谁不希望被温柔相待呢？

在人群聚集的地方，我经常会观察一些人，从他们的皮肤和皱纹中想象他们来自什么样的家庭，有过什么样的经历。我对那些凭借坚忍不拔的努力而逆天改命的人有一种天然的好感，因为他们本来的处境是很容易让人陷入绝望的，而他们克服了各种各样的磨难，完成了人生的救赎。

我从小就喜欢大团圆的结局。我希望命运有艰辛就有成全，希望疼痛会孕育出珍珠，希望波澜会锻炼人。我那位家境贫寒的高中同学，后来考上了国内一流的大学。听到他被录取的消息，我忽然鼻子发酸，感觉自己的人生也得到了成全。对于他的家庭，前面有多少看不到头的艰辛，后面就会有多少持久的满足。

我期待有一天，来自不同背景的人能彼此笑着打招呼："嘿，原来你也在这里！"

（摘自《读者》2021年第21期）

# 朋克养老

刘江索

　　"退休后的生活，你可能觉得就是撸猫遛狗、含饴弄孙、听戏品茶、颐养天年，但其实现实中的坑还挺多的：你的退休金能不能保全；大儿子正在闹离婚，二儿子外出鬼混从不着家；孙女要上重点学校，买学区房的钱不知道怎么凑，老伴儿一着急又病倒了……你能够承受这巨大的压力吗？别忘了，你是全家的主心骨，你还得跟病魔斗争，努力活到100岁。"

　　2020年年初，游戏设计师城堡在微博上发布了自己开发的单机游戏《退休模拟器》的消息。

　　《退休模拟器》是一个模拟养成游戏。男主人公房爱菊，住在重思市一个叫"和平家园"的成熟社区。房爱菊是一个普通得不能再普通的人，刚刚迎来退休生活。玩家需要合理地为主人公安排每周的日程，培育他的各项属性值。随着主人公养成属性的提高，游戏里设置的难题将变得轻而易举。

玩家可以积极参加社会活动，比如各种比赛、广场舞，在退休生活里大放光彩，提高声望，甚至成为重思市的大明星。当然，也可以选择低调平淡度日，安享晚年生活。

根据剧情推进，玩家的养成属性不同，就会进入不同的结局。

## 创造属于自己的退休生活

2018年，因为外婆病重，31岁的城堡回到西安老家，帮忙照顾了两个月。

一方面，近距离地和阿尔茨海默病患者相处，人会切身理解衰老；另一方面，和家里其他长辈生活在同一个屋檐下，城堡常常对他们的生活状态感到不解。老人们都已退休，却坚持在早上5点起床。城堡疑惑，没有工作的漫长一天怎么打发呢？偶尔跟着他们去抢促销鸡蛋的时候，城堡也不明白，为什么在市场抢菜也是一种江湖，还是竞争惨烈的那种。

作为旁观者，他的直观感受是，老年人的生活怎么如此枯燥无聊？他要构建一种可以在游戏里实现的"朋克养老"。

第一版游戏做出来后，城堡给身边30岁左右的朋友试玩，得到的是一些负面反馈："退休生活怎么这么难？"

在最初的设计中，城堡考虑更多的是老年生活中所潜藏的风险。

这个黑暗版本让试玩者感到压抑和难受。城堡复盘，"那时做的不像退休模拟游戏，而是生存类游戏"。他不想把生活中的压力放到游戏里，所以决定把游戏往更"光明"的方向调整。

几个月后，关于这款游戏的介绍看起来更具人情味："在《退休模拟器》中，你可以惬意地在城市中漫步，面朝大海，享受人生；可以撸猫遛狗、含饴弄孙、听戏品茶、钻研书画，也可以钓鱼、打球、跳广场舞、骑摩托车，把年轻时想做却没时间做的所有事情一股脑儿都补回来……在家长里短中寻求独特的生活之道。"

"如果你觉得儿女太烦，你可以把他们赶出家门！你可以结交各路奇人异士，体会各种新奇思想和荒诞不经的人生哲学……你甚至可以和各有特色的人开展一段浪漫的恋爱关系，来一个'第二春'。你有很多可靠的朋友和伙伴可以依靠。你可以同他们一起创造一段属于自己的退休生活。"

## 老年生活的价值判断

在游戏里，城堡设置了许多冲突和任务。从对网友意见的征集、调研里，他总结出退休生活中会遇到的四大主要问题：经济问题，包括欠款、经济纠纷、遗产争夺；医疗问题，身体上的病痛折磨；人际交往问题，包括是否孤独，是否拥有亲人和朋友；隔代教育问题，以及因此产生的三代人之间的矛盾。还有一些比较零碎的问题，比如邻里纠纷、跳广场舞给周围人造成的噪声污染，也被加入剧情。

城堡给游戏中的人物设置了两个主要的属性值：心理值和健康值。但他并没有在房爱菊的任务成功或失败后，简单地设置角色属性值变化，或做价值观的评判和引导。

在面对一些困难时，游戏人物甚至还拥有撒泼打滚的能力。城堡不会从奖惩栏安排直观的反应，在系统里评价这种行为是对还是错。在游戏里，撒泼打滚有可能解决问题，但周围人对角色的评价就可能降低，房爱菊的人际关系就会受到影响。城堡说："因为这就是现实中会得到的反馈。"

这个游戏似乎从设计之初就规避了说教意味。

城堡并没有设置一个完美的老年人或完美的退休生活模板，比如恶语相向未必就是错误的，出门捡垃圾就一定是正义的。"开发到一定程度后，我们对老年人的生活从有误解转变为持有一种特别开放的态度。每个老年人都有自己的人生经历和生活态度，他们按照自己的方式去生活是没有问题的。对于一些老年人来说，他们的退休生活就是去做平淡的事情。你会觉得这个人没意思，每天的生活就是看电视剧和买菜。但这可能是因为，他心里有伤痛，不想再去面对那些东西了，看剧、买菜就是他寻求内心平稳的一种方式。"

《最好的告别》一书认为，当你年轻、身体健康的时候，你相信自己会长久地活下去，从不担心失去任何能力，周围的一切都在提示你——一切皆有可能。你愿意延迟享受，比方说花几年时间，为更明媚的未来学习技能和获取资源。你努力吸收更多的知识和掌握更大的信息流，扩大自己的朋友圈和关系网，而不是和妈妈黏在一起。当未来还充满可能性的时候，你最想要的是马斯洛需求金字塔顶端的那些东西——成就、创造力以及自我实现。

但随着你的视野收缩，当你觉得未来是有限的、不确定的时候，你就开始将关注点转向此时此地，放在日常的身心愉悦和最亲近的人身上。

### 一水儿的"夕阳红"，太沉重了

在制作游戏的过程中，城堡也在变老。

城堡出生于1987年，在30岁之前，他从未想过老年生活这个遥远的命题。有几年时间，他待在家里，他说那种感觉和退休后的感觉差不多。

开始做《退休模拟器》后，这个遥远的命题忽然有了具体的轮廓，焦虑也随之而来，并愈演愈烈，"我掌握了更多的细节，知道得太多了"，就像一个年轻人完成了一种启蒙。

对于城堡来说，疾病可能也扮演了某种启蒙的角色。靠近疾病的时候，人也在靠近衰老。几年前，城堡的身体出现了一些问题，这让他在一段时间里拄着拐杖频繁进出医院。

他甚至会被一桌热烈的火锅击倒，难以像以前那样通过一场睡眠就让身体恢复如初。年轻人对这种忽然降临的变化并不服气，只想着，再睡一觉就好了。比起《退休模拟器》，现实生活更像一个养成游戏。衰老并非一蹴而就，即便是年轻人，也多少窥见过衰老的断编残简。

作家菲利普·罗斯曾苦涩地描述："老年不是一场战斗，而是一场屠杀。"在和老年生活短兵相接之前，迫近衰老的人们已在不断调整自己的生活策略。

用拐杖走路的时候，城堡忽然参悟了以前所不能理解的情况："人行道很窄，一个老人就在一个年轻人面前，堵在这条路的正中间，他走不快。你着急过去，可就是过不去，你觉得这个人是存心的，是在占用公共资源。"

但是当城堡拄着拐杖在路上走的时候，他发现老人走在路中间，是因为"两边不是树就是自行车。他们其实很容易被绊倒，必须走到正中间，而且只能走得很慢"。他说："我体力不支地拄着拐杖，别的年轻人和老人看到我并给我让路的时候，我终于明白这是怎么回事。我不是故意的，而是有客观存在的原因。"另一方面，他在路中间缓慢行走时，心里觉得很抱歉，"我挡了别人的路，那种感觉其实挺不好受的"。

在游戏里，城堡设置了年轻人跟老年人之间的很多摩擦，你能直观地感受到人们对年龄的恶意。比如一个年轻角色会指责你讲话太大声，另一个类似黑帮的角色会骑着机车对你围追堵截。

"我一定要让持有不同价值观的人坐在一起。比如我们设置了一个广场舞扰民的情节，让玩家做出选择。"正方就是跳广场舞的这些大爷大妈，他们的理由是需要合理运动，保持健康，放松心情。反方是年轻人，他们的理由是已经很累了，需要合理的休息，才能有更好的精神继续工作。

"开发者并不主动表明自己支持哪一方。"城堡说，开发游戏至今，团队增加了许多年轻角色，"不然一水儿的'夕阳红'，太沉重了。"

## 老年英雄主义

在征集改进游戏的建议时，城堡发现，对游戏感兴趣的人群心态并不一样。喊"坐等退休"最起劲的是"95后"和"00后"，他们想赶快逃离刚进入的职场或学校，幻想退休后可以撸猫遛狗、环游世界，不必承担重负。

"80后"的留言显得更现实："一想到退休，我就觉得头大，现在父母养老、孩子念书，我都搞不定。退休后，等我孙子孙女要念书了，难道我又要给他们操作一遍吗？"一个"85后"直接向城堡提问："你们的游戏里能买保险吗？"

除了在子女、亲友等狭隘的熟人关系里或者在老年大学、广场、孙子的学校、养老院、家庭等封闭场合打转，城堡在游戏里还加入更多"和社会的联系"方面的设置。

在一条支线里，他设置了一个在路边被霸凌的孩子的角色，房爱菊将面临出手相救或转身走掉的选择。这个剧情似乎脱离了我们所预想的中老年人应该有的社交圈。

但城堡相信，"老年人跟社会一定是有千丝万缕的关系的，尤其是六七十岁的老人，他跟这个世界的交互已经是年轻人的好几倍了"。

年老不意味着一个人就要从时代中退场，虽然信息隔阂和社会结构变化让他们的声量减退不少。

城堡想起小学时被同学打，外婆怒火冲天地跑到学校，要求老师一定要处理霸凌事件。"隔代亲，10岁的小孩反而更愿意给爷爷奶奶讲自己的事。"城堡认为，老年人要处理的关系范畴并非大家想象中那么局限。在他的游戏里，老年人对现代社会的参与感依然强烈。

《退休模拟器》过往发布的游戏视频里，总是透露着一种老年英雄主义。

"我以前认为，英雄主义是完成一项伟业，做别人做不到的事；现在我觉得，只要一个老年人离开自己的舒适区，改变一点点自己的认知，往前走一步，他就是英雄。"城堡羡慕一个被媒体报道过的四川大爷。"80岁了，天天打游戏，眼睛都不好使了，戴着老花镜玩《使命召唤》，'突突突'地打枪。游戏里，敌人像素很小，小得连我都看不清。他甚至拿着放大镜在屏幕上找目标，玩得可开心了，在我看来，他就是一个老年英雄。"城堡说，"我现在更渴望这种平民英雄的存在。"

（摘自《读者》2021年第16期）

# 醉里乾坤大

张大春

那是四十年以前的一个春天，我和同系又邻宿舍的几个同学相约饮酒。除感觉这样有些长大的气息之外，似乎没有旁的缘故。喝什么倒值得仔细研究。

有人根本不喜饮喝酒，但是舍不得错过大伙聚会，便主张喝酒精度数比较低的啤酒；有人想夸示自己的酒量，便主张喝高粱、大曲；也有人对酒没什么成见，但主张调和中庸，觉得绍兴、陈绍不那么辛辣，也不至于撑肚子，加之以话梅、柠檬，还颇有些甜酸饮料的风味；也有人认为，独沽一味不如百味杂陈……想喝什么，何不饮者自理，到时候想尝尝别人的喉韵滋味，就相互换盏，也算是一种风趣了。

日后想来，那一番讨论却比喝酒的景况更耐人寻味。我们随即扩大了邀约的范围，去更远的寝室，也旁及其他的科系。大部分人一听到"要不要喝酒"之一问，无论参加与否，脸上都会流露出那种"要干一件不大得体但是一定很好玩的事"的欣羡之情。真正参与中文系酒约的外系人其实不多，他们像是商量好了一般，都没有"自备口粮"，多半浅尝即止，混两三杯"霸王酒"，拍拍屁股就走人。

我说"拍拍屁股就走"不是一句套话。因为相约的地点就在文学院荷花池外的一片草地上，春夜草长露湿，起身时总会沾上满裤子的草屑。我们在一棵花枝满簇的树下席地而坐，当时谈了些什么、唱了些什么，甚至闹了些什么，这么些年下来，大抵不记得了。记忆中最鲜明的，是人手一个上面有500毫升刻度的玻璃杯。

我也有那么一个杯子，那个杯子见证了我生平第一次醉酒。喝醉的原因很简单，我自己准备的大曲三两下就被哲学系的白赖客解决了。然而意兴正浓、酒水不济，只好随意喝别人的。喝谁的呢？喝林国栋的。他是从高雄来读书的同学，平日俭省惯了，喝酒之约虽然不忍错过，却只愿意喝比较便宜的酒。那天晚上，我就是蹭着他的乌梅酒大醉而归的。

喝乌梅酒大醉，是一次难忘的体验。我跟很多喝酒的朋友交换过心得，人人都说，醉在乌梅酒上无比难受。然而，对我来说，林国栋慷慨分润的情谊实在难得。我和他人手一个玻璃杯摇摇晃晃回宿舍，还能够攀爬空心砖墙上到二楼阳台。究竟是如何办到的，我们第二天都说不明白。不过，这也都没什么，最让我难忘的是：天亮醒来之后，我们都发觉一桩怪事，那就是我们的玻璃杯是半满的，里面盛的既不是大曲，也不是乌梅，而是无数落花。

"太诡异了！什么时候落的？"我问林国栋。

这个"文青"笑笑，说："我们的青春啊，我们的青春！"

酒的甲骨文（𝍎）右边是个尖底的"酉"字，就是酒樽；左边看似楷书的水字偏旁，却不是水，而是溢出的酒的形状。可见古人造字是有主张的。那水字偏旁，是在模拟酒浆发酵的情状，而非泛泛指液态。

到了金文（酉），我们看到的仍然是一个尖底的酒樽，只不过樽身刻画的图形略有变化，溢出的三滴酒被省略了。"酉"字也扩充了它的含义，因其为地支的第十位，也用来指称农历八月（这是由于夏历建寅的缘故）。到了这个月份，谷类成熟，农事完毕，可以酿酒了。著名的毛公鼎底部的铭文就有"毋敢湎于酉"的文句，这是周宣王勖勉毛公"不可酗酒"的训示。

根据《周礼·天官》的记载，有"三酒"之称。有事而饮，谓之"事酒"；无事而饮，谓之"昔酒"；祭祀而饮，谓之"清酒"。有事容易理解，无论私家成礼，或者是官家典仪，都可以用酒来助引情感。可是"无事而饮"，还有个"昔酒"的名目，就颇费思虑。我推测这个"昔"，不是往昔的昔，而是"昔肉"（干肉）之昔，后来写作"腊肉"。没事喝一点，配腊肉，这是古人最简单的娱乐了。

关于"酉"字，司马迁在《史记·律书》里有文字学角度的说明："酉者，万物之老也。"这个说法，自然是从前述八月农事熟毕而来，但是到了晋代的《搜神记》，竟然会以年岁老大的"龟、蛇、鱼、鳖、草木之属"为"五酉"，认为这些东西老到一定的程度就会变怪。

在文字演进的过程中，"酉"字成为一个部首，旁边加上一个兼具意义的声符，就会形成庞大的形声字群组。关于酒种，甜酒称为"醴"，薄酒称为"醨"，厚酒称为"醇"，清酒之用为祭祀者称为"醍"，味浓而美者称为"醹"，酒汁、酒滓相混的浊酒称为"醪"，用米谷为糜和上酒曲等酿成的发酸的饮物则称为"醯"，也就是今日我们习称的醋了。

关于制造，施以曲蘗发酵，称"酝""酿"；去糟粕、取精华，也就是漉取，则谓之"醨"；一夜间发酵速成的酒也有专称，谓之"酤"——右边居然是个"古"字，好像很不合乎字面义。至于发酵之后尚未过滤的酒，叫作"醅"，醅上的浮沫，则称"蚁"或"绿蚁"，见诸白居易的《问刘十九》："绿蚁新醅酒，红泥小火炉。晚来天欲雪，能饮一杯无？"

形容喝了酒的状态，也有大量的字。微微有点儿意思了，谓之"醺"；一点儿意思都没有，谓之"醒"；意思到了，谓之"醉"；意思过了头，甚至失去了知觉，英文谓之"black out"，中文也有专字，谓之"酲"；与"酲"的状态不相上下的，还有一个词语："酩酊"；无论意思多少，一旦上脸，就叫"酡"；酒品不好，醉后逞凶的，叫作"酗"。有时候这个"酗"字的右边不写"凶"，而写"句"，说来也没什么道理。

至于饮酒的场合和环节，也有不少讲究。古礼严明的时代，饮食皆须祭祀，喝酒之前，必须倾酒以祭地，还有个名堂，叫作"酹"。苏轼的《念奴娇》中，"一尊还酹江月"说的就是这码事。而在《前赤壁赋》里，东坡写曹操，用的是这几句："酾酒临江，横槊赋诗，固一世之雄也，而今安在哉？""酾"就是滤去浊酒中的酒糟，取其清者。不过，多掌握几个语词，也称不了"酒博士"，这个名号是伺候酒桌者的专呼。

我不知道你下回与人共饮的时候喝些什么，酒量几何，然而，如果席间只是翻来覆去"来""喝""干"那么几个字，就实在有些乏味了。酒之味、酒之趣、酒之风流，应该都不是神智舒张弛荡就算数了。再仔细想想：能够经得起一醉的落花，该有多少才能填满青春的杯子呢？

（摘自《读者》2019年第8期）

# 这个职业不允许有马赛克

刘 鑫

## 修复记忆的人

15年中，他们经手的照片大约有100万张。都是老照片，大部分就像刚从时间手里抢夺回来，带着清晰的受伤痕迹，比如或深或浅的斑点和裂纹。有的颜色消磨得很淡了，有的眉眼间一道清晰的残损。照片来自各个角落，有大人的也有孩子的。泛黄的模样让它们显得脆弱，何况伤痕叠着伤痕。

看不见的伤痕来自记忆。无论多么刻骨铭心，记忆都会随着时间一同变模糊。那些照片或许是一些人最后的托付了，是去世的父亲、远走的母亲，一段爱情或一个童年。

周标是一名照片修复师。简单地说，他的工作就是修复那些破损的老照片。每天，大约有300张这样的照片传到他手里。这里面有一些重复的技术，拉伸填补、合并图层、修复残缺图像。但那些技术不可能完全赢得了时间的痕迹，这份工作的最后一个环节永远是靠手中的画笔完成，根据客户的描述，一笔一画复原他们记忆里的那个人。

这是一个十分考验耐心的工作。很多时候，人们的"牢固"记忆和美好想象，使他们无法接受任何一点细微的差别。但"差别"本身就很微妙，过于久远的回忆使得描述几乎不可能做到精确勾勒。这是一种有趣的记忆规律，人们相信自己记得重要亲人的亲切模样，但如果问他们的亲人有没有酒窝，就会发现他们好像根本不知道。周标和顾客的对话经常坠入无限循环。"这道眉毛好像低了半毫米？""这一版有点严肃，应该带点笑意。""这一版笑得太明显了，要委婉一点。""这一版笑得不对，还是得改。"

也就是说，时间会把所有细节打上"马赛克"。它的麻烦之处或许在于，人们不记得那些眉眼和神情究竟是什么样，但如果不是记忆中的样子，却会被一眼看穿。最夸张的一次，有一张照片周标改了半年，历经四十几个版本。顾客是一位年迈的老爷爷，他带来一张三分之一掉皮，氧化成红褐色的青年女性的照片。那是他能找到的唯一一张老伴年轻时的照片。

周标一直记得那个老爷爷的声音，以及他带着伤感的低诉："我老婆嫁给我的时候特别漂亮，当初和我生儿育女、讨生活，吃了很多苦。刚把儿女拉扯大一点，她就突发疾病去世了。现在儿女都成家了，生活条件也有了好转，正是享受晚年、过好日子的时候，她却不在。她曾跟我共苦，如今却无法同甘。她这辈子就只有吃苦，连一天好日子也没过过……"

周标静静地听着，在一种近似写意的感受里艰难地拼凑人物的轮廓。其实他更想知道另一些事情，比如老奶奶是单眼皮还是双眼皮，脸上究竟有没有那一颗痣。可他不忍心打断老爷爷。

几个月过去了，老爷爷也意识到自己是个麻烦的顾客，后面几乎是苦苦哀求周标。"请再帮我改一改吧，只有你们能帮我了。"于是，又改了几个月。最后，他还是意犹未尽，觉得那个尝试过上百种微笑方式的女孩，还是不太像记忆里妻子年轻时的神采。

最后，老爷爷对周标道了谢。他有点含糊地说，自己太想念妻子了，那种心思对儿女也不好意思说起，但和周标，因为"理所应当"的工作交流，他终于有机会一件一件地说起妻子的小事，还能被认真倾听。那些岁月清贫又温暖，他怎么也舍不得结束和周标的交谈。而回到家，他又成一个人了。

### 他和他们的旧时光

周标知道，照片本身只是一张纸，没有什么价值。真正珍贵的是照片承载的一段段记忆，以及照片里面的人。周标的工作，就是帮助今天的人，寻回昨天的记忆；而每一段记忆，都由一个个闪闪发光的生命构成。

吴青辰的大伯是一位烈士，1947年参加孟良崮战役壮烈牺牲时，才22岁。家中仅有的一张大伯的军装照，在历经70多年的风风雨雨之后，已经严重损坏，不但褪色导致人物轮廓模糊不清，甚至个别地方已开始掉皮，遍布的裂痕让残余的图像也岌岌可危。

双方取得联系后，周标让吴青辰重新发一个扫描版过来，这样能把对仅有的像素的损耗降到最低。但考虑到年代过于久远，周标也只能尽量修复。

当一张军装笔挺、一脸英气的大伯个人照重新出现在吴青辰父亲的面前时，老人家当时就哽咽了。兄弟俩已经天人永隔，但能有一张照片寄托情感和思念，对在世的人而言就是莫大的安慰。

对周标自己也是。他的安慰来自他的岳父。他想起了给岳父的父亲"拼接"照片的事。周标的岳父打出生就没见过自己的父亲，连一张可供缅怀的照片都没留下。

周标有时候也会跟老婆说起，要不要给岳父"制作"这么一张照片，但一直没有行动，就这么一再拖延，等他下定决心，他和老婆已经结婚10年了。

"只有真正做了父亲，才对父子亲情有了更切身的体会。"2010年结婚以来，周标先后拥有了一双儿女，从早年间"玩心太重"的小伙子，变成了一位真正的父亲，他更加感受到代际之间感情的分量。

与此同时，家中父母更为明显地老去，岳父都快60岁了。身边一些长辈的离世，更让周标一家人对人生有了一番新的理解。

那是在2020年3月，早春的湖南下起了毛毛雨。周标、妻子和岳母参加完一位长辈的葬礼，回程的路上，周标对妻子和岳母说："咱们还是趁早完成这件事，千万别拖来拖去拖成遗憾。"

周标的岳父平时沉默寡言，感情非常内敛，也不喜欢社交，能守着电视在家看一天。周标猜测，如果跟他提起这件事，他一定会摆摆手说别弄了。

周标瞒着岳父，偷偷回到村子里，跟见过岳父父亲的亲戚们见了面。岳父老家的叔叔、姑姑和村里的许多老人，纷纷搬了小板凳，到村里的小卖部集合。周标给所有五官相似的亲戚都拍了照片。最后以姑妈的眼睛，岳父的嘴巴、鼻子、脸型为底稿，做了十几个版本，拿给家里90多岁的祖母甄选。祖母挑出了一张，说这个还挺像，能有百分之五六十的相似程度。

2020年清明节前夕，周标在和妻子、一双儿女、岳父岳母吃晚饭的时候，忐忑地将一张5寸的彩色照片交给了岳父。岳父接过看了看，似乎毫无情绪波动，也没多说什么。

第二天，一家人回乡扫墓，这张照片被装在镜框里，放在了岳父父亲的墓碑上，大人和孩子依次上前祭拜。第一次，他们不再像往年那样，空对着一个光秃秃的石碑祭奠。

之后没多久，有一天岳母悄悄拉着周标的老婆说，有天晚上，岳父一个人在屋子里，对着这张"生造"出来的父亲"遗像"，默默地抹眼泪。

## 人海中，我用一张照片找到你

另一张让周标印象深刻的照片，是一对姐弟的全身像合影。左侧的姐姐看上去十三四岁，右侧树下的弟弟身高刚及她肩头，七八岁的模样。由于年代久远，这张黑白照片的清晰度严重下降，人物面部轮廓犹在，五官却已模糊，细节的丢失，让长相辨认变得困难。但姐弟俩双双咧开嘴，露出牙齿的笑容，显示出两个人的关系非常亲密。

但这并不是一个讲述幸福时光的故事。事实上，这对姐弟早年就失散了，此后30多年没有见过面。这张照片是他们唯一的合影。

事情从去年开始。一个年轻人在网上发布了一则求助短视频，她说："我的舅舅和母亲，小时候拍了一张照片，照片现在损坏挺严重的。现在我想通过这张老照片，找到失散多年的舅舅，不知哪里有修复照片的高手能帮忙？"这个年轻人就是照片中姐姐的女儿。短视频一经发布，播放量达到数百万，这个愿望深深触动了广大网友，他们开始频繁"@"周标。周标马上和对方联系，也了解到了这张照片背后的爱和遗憾。

失散原因是最简单也最无奈的：贫穷。姐弟俩照完这张合影没多久，家中就因为负担不起开销，将弟弟送给了一位远亲。后来生活渐渐好转，姐姐思念弟弟，想找到他，却发现远亲一家已经搬走，不知去向了。此后很多年，姐姐到处打听远亲一家的下落，却始终无法得到准确的信息，她只能按照大致方向，一次次去寻找，一次次无功而返。

再后来，姐姐结了婚，有了自己的家庭，也生了孩子，但她始终没有忘记自己的弟弟，经常望着手中的照片出神或流泪。

她的女儿想到母亲已经50多岁，年纪越来越大，已经找不动舅舅了，但现在网络这么发达，或许可以发动社会的力量，帮助母亲寻亲。这时候，修复这张照片，使之更清晰可辨，就成为整件事情的关键。

周标明白了事情的来龙去脉，他也经常上网，知道短视频平台的传播规律，趁着第一条视频的热度还在，第二条发布的时间越早越好。于是19点一接到照片，他就连着修复了5个小时，到24点，他将一张五官清晰，由黑白转为彩色的姐弟合影，发给了对方。"我做到了80%以上的还原。"对方当即发布了第二条寻亲短视频，获得了近2000万的播放量。众多网友纷纷点赞、评论、转发，将这条消息越传越广。

一个星期后，周标忽然接到了寻亲女孩的消息。对方告诉他，自己的舅舅真的看到了这张照片，找到了他们一家，现在母亲和舅舅已经相认。他们非常感谢周标的帮助。两个人是通过网络沟通的，但女孩的喜悦与兴奋仍然透过文字传递过来。

周标一时间惊呆在电脑前。"应该不可能吧，这怎么可能？世界这么大，真的能够找到？"但事实告诉他，这是真的。那一天，他过得十分开心。

大部分时候，人们需要在一份工作中艰难地寻找价值，好抵抗比工作本身更加漫长的消磨感。周标不需要，他觉得在这样的时刻，他可以抵达那些让他坚持下去的意义。

因为电脑屏幕不能被阳光直射，周标的工作室永远窗帘紧闭。有时，他自己也会慢慢翻看那些照片，想起人们的倾诉和渴望，有时还会哭泣。他也会想起那些感激的话，比如："小伙子，你帮我把祖辈的照片修好，这是积功德的大好事。"说这句话的人是一位老爷爷。他的面孔在周标的记忆里早已模糊。那还是周标刚开始做这项工作的时候，是16岁，还是17岁？他不需要去刻意拼好那些回忆，它们会在暗室中默默亮起，在疲倦的时刻陪伴着他。

"人间温暖。"每一次采访，被问到"意义"这一类问题时，周标都这么回答。

（摘自《读者》2021年第14期）

# 艰难的酒事

毕飞宇

　　我们家没有能喝酒的人，等我结婚，生了孩子，家里还是没有人能喝。这么说吧，在我们家，即使是大年三十，餐桌上也见不到酒。有一年除夕，我对父亲说："我们也喝一点吧。"老父亲豪情勃发，说："那就开一瓶。"我们真的喝上了。一瓶酒我们俩当然喝不完，喝不完那就放下。一眨眼，第二年的除夕又来了。我想起去年的那瓶酒还在呢，于是，我和父亲接着喝。我们这对父子在两个春节总共喝了多少酒呢？最终的答案还是贾梦玮提供给我的。他把那瓶残酒拿在手上晃晃，说："起码还有六两。"别起码了，就六两吧。我愿意把这个无聊的故事演变成一道更加无聊的算术题：一瓶酒十两，两个人均分，喝了两次还剩下六两，问，一人一次喝几两？

　　虽然酒量不行，可我父亲喝酒的姿态很优雅。在端起酒盅的时候，他通常是使用大拇指和中指，这一来他的食指、无名指和小拇指就会呈现开放的姿态，绷得笔直，分别指向不同的方向。有一回在飞机上，我和昆剧武生柯军先生聊起了各自的父亲，我就把父亲端酒的姿态演示给柯军，当然是说笑话。这位昆曲名家没有笑，却点点头，说："对的。"我说："什么对的？""拿酒的动作。"柯军说，"舞台上的兰花指最早并不属于女性，而是来自男性。在很久很久以前，有身份的男人参加宴会必须有模有样地端酒，否则就粗鲁了，就失礼了——兰花指就是这么来的。"也对，一滴酒的背后是一堆粮食，一堆粮食的背后是广袤的土地。酒是大地的二次方，端起一杯酒其实就是托起一片风调雨顺的大地。它需要仪式感，它需要敬畏心。把手指摆成兰花的姿态，是应该的。

父亲把他局促的酒量传给了我。因为不能喝，我对酒席上的枭雄极为羡慕，说崇拜也不为过。十七岁的那一年，我看到了罗曼·罗兰对克利斯朵夫的描述，他描述了克利斯朵夫在巴黎的一场酒会——年轻的约翰真是能喝啊，他"把各种各样的颜色倒进了他的胃"。十七岁的年轻人喜欢上这句话，赶紧抄在一张纸上。这里头有他人生的期许——天才的豪横、淡定、硕壮、帅、不可一世和谈笑间樯橹灰飞烟灭，"把各种各样的颜色倒进他的胃"。酒纳百杯，有容乃大。一个人的壮丽与浩瀚是可以喝出来的。六年之后，十七岁的少年二十四岁了。那是1988年的夏天，他去了趟山东。先去高密，看过了红高粱，然后，豪情万丈，点名要喝高粱酒。很不幸，他没能把"各种各样的颜色倒进他的胃"。热菜还没有上桌呢，他就冲出堂屋，把"各种各样的颜色"倒在了天井。他抱住围墙，可该死的围墙怎么也搂不过来。他的胳膊借不上力，这让他气急败坏，一桌子的人还等着他上热菜呢。第二天，他醒来了，就此知道了一件事：兄弟，你不行，不行啊。悲伤涌上他的心头，他的人生就此少了一条腿。

我喝酒真的不行。一次又一次的大醉让我产生了恐惧。这恐惧固然也来自酒，但更多来自酒席。我上不了席，真的上不了。中国的酒席到底是中国的酒席，它博大精深，你是不能自斟自饮的。自斟自饮？那成什么了。你必须等别人来"敬"，"敬"过了你才能喝；当然，你也要"敬"别人。如果彼此都不"敬"，那也要有统一的意志、统一的号令和统一的行动。"我"喝和不喝都不是问题，重点是，"我"必须为"他"和"他们"而喝。每个人都必须这样。这很好。可我难办了，如果酒席上有十个人，少说也得十八杯。只要有人约我，我一定先问一问：多少人？有一道算术题我必须先做一做：六个人以下，也就是五个客人，可以的。如果是八个人以上，那我就要掂量。有时候其实也就是一两杯酒的事——千万不要小看了这多出来的一两杯酒，对我来说，它们是左勾拳和右勾拳。咏春大师叶问说，武术（喝酒）很简单，一横一竖。打赢了（能喝）才有资格站着（坐着）说话；打输了（不能喝），躺下了。

我不想躺下。不想躺下那就只好耍酷：看到人数不对时，我就滴酒不沾。时间久了，我发现滴酒不沾也不是一个好主意。常识是，酒过三巡，喝酒的人大多会兴奋，这是无比幸福的一件事，要不喝酒还有什么意思呢。我呢，糟糕了，我的情绪慢慢地就跟不上趟了。我在众人欢腾的时刻上过卫生间，照过镜子。我在镜子的深处，一点也不兴奋，连基本的喜悦都没有。这么说吧，我只是处于常态。但酒席上，常态就是异态，它另类，类似于阴险。我的"死样子"连我自己都不愿意接受——"他怎么就生气了呢？""究竟为了什么？""和谁呢？"老实说，我也不知道。即使到了第二天，好心的朋友打来电话，我依然不知道。我只能这么说，其实我已经很配合了，该笑笑，该点头点头，该鼓掌鼓掌。可是，天地良心，不能因为我喝了八两矿泉水你就让我手舞足蹈，要知道，平白无故地亢奋两三个小时，太难了，体能跟不上啊。跑一场马拉松也不过两个多小时。

　　我对酒席的恐惧还有一个说不出口的地方，那就是说话。在酒席上，音量偏大，抢话，语言夸张，骂娘，这些我接受——和我的"现场直播"比较起来，不知道好到哪里去。可我不太能够忍受"单曲循环"——同样一段话，他能重复十几遍，几十遍。我曾经遇到一个"可喜"的读者，就在酒席快要结束的时候，他站起来背诵了我作品里的一个段落，然后，用慷慨赴死的劲头玩命地夸。我虚荣啊，哪里还绷得住，就笑。在我返回房间的时候，这位仁兄跟了上来，他提出了一个要求，要去我的房间"和毕老师说说话"。这个我必须答应，我还想听人家接着夸呢。虚荣必遭天谴，灾难就此降临。这位老兄一屁股坐在我的床边，接着背诵，接着夸。特别好。可我哪里能想到呢，他背诵的永远是同一个段落，说的赞词永远是同一番话。没完没了，没完没了，没完没了……结果可想而知，虚荣抛弃了我。我去了趟卫生间，给朋友发短信："快来我房间，就说三缺一。"

（摘自《读者》2021年第21期）

# 我们需要"国服"吗

傅 莹

中国人是否需要"国服"？这个问题由来已久。过去十多年间，有不少人大代表、政协委员和专家学者提出设计"国服"的建议，也有人提出"中华服"等设想。

随着中国人在国际事务中越来越活跃，在出席本国或其他国家的正式庆典等国事活动时，如何选择服装成为一个颇费思量的问题。

## 西风东渐

服饰的起源和演变与政治制度相生相伴。中国自西周开始就有自己的服饰制度，《周礼》《仪礼》《礼记》中都有记载，至魏晋南北朝服饰已经有多元化发展的趋势。到了清朝，舆服典制非常规范翔实，甚至可以称为繁复，衣服的样式、颜色和材质，按照社会地位的高低、场合仪式的不同，都有明确规定。

进入20世纪，中国人的服饰观念在大的社会变迁冲击下发生了很大改变。1911年爆发的辛亥革命，推翻了清政府的统治，结束了中国两千多年的封建制度，象征着封建等级的舆服制度随之被废止。孙中山领导下的民国政府革除了大部分前朝服饰制度。

民国初期的中国面对着全新的国内外环境，尚来不及形成能被社会广泛接受的统一新服装式样，出现"乱穿衣"的现象。从那个时期的照片中可以看到，军人出身的政治家经常穿的是军便服，而黄兴这样的革命者则常穿西装，倡导议会政治的宋教仁推崇西装和立领衬衣。孙中山宣誓就任临时大总统时穿的是西式燕尾服，后来，他以"博采西制""尽易旧装"为原则，联合技艺精湛的裁缝设计出中山装在文化内涵和象征意义上，有着鲜明的中国时代印记，表达了与封建服饰彻底决裂的态度。

北伐成功之后，中山装被确定为中国高级官员的制服。

1949年10月1日，在天安门城楼上举行了中华人民共和国开国大典，从历史照片上看，许多领导人穿的是中山装，亦有穿军装和穿西装打领带的，也有长者穿长袍。在其后的岁月里，中山装得以进一步改良，从20世纪50年代毛泽东主席着中山装的照片看，衣服两肩更加平整服帖，领口加宽，不再紧扣喉部，翻领变得大而尖，前阔、后阔、中腰和袖筒都适当放宽了。这种改良版的中山装被外界称为"毛式制服"。

中华人民共和国成立后，百废待兴，建设需求是国家和人民关注的重点，服饰和审美排不上社会议程。一直到20世纪60年代初，随着经济恢复，中国人的服装式样开始变得多样化。1966年之后，学生们的"造反"思维主导了他们对服饰的选择，年轻人穿一身绿军装是当时最帅气的装扮。及至20世纪80年代，改革开放推动社会思潮变革，服饰潮流悄然发生变化。例如，大城市照相馆的橱窗里会挂出"摩登"的格子布大号夹克，人们可以借了穿着拍照。

服饰在一定意义上也是社会气氛的体现，一种服装的流行会承载一定的政治符号。1984年10月1日国庆阅兵时，我在天安门城楼上为出席的外宾做翻译。当时的领导人大部分穿着中山装，但是已经有人穿西装了。邓小平主持阅兵仪式时穿的是中山装，这个传统也延续了下来。20世纪80年代，西装作为改革开放和时尚的象征在中国开始普及，人们穿西装体现的是面向国际社会的开放和融入。

中国从战乱、动荡走向和平、稳定，从被封锁到实现改革开放，人们在各种大潮大浪的冲击下，在"东风""西风""古典""现代"的碰撞中，不断试探和摸索，寻找着自身的现代礼仪和服饰路径。

## 从"唐装"到"宋锦"

进入21世纪以来，中国两度担任亚太经合组织（APEC）领导人非正式会议的东道主。这项多边活动有一个特殊的环节，就是由东道国向出席会议的其他领导人赠送一套具有本国民族特色的服装，全体领导人要在最后一天穿上这套衣服拍摄大合影。这个安排既是为了鼓励传播各国文化，又旨在体现"亚太大家庭"的主题。

这一传统始自1994年的印尼茂物会议，时任总统苏哈托向来宾赠送了印尼"国服"：传统蜡染布做的"巴迪"衬衫。茂物会议之后，这个做法被后来的主办国沿袭下来，菲律宾的"巴隆"、智利的"查曼托"、越南的"奥黛"等，都曾作为东道国的民族服饰在APEC会议上亮相。

　　这在一定意义上刺激了我们对"国服"的需求和探索。中国人的现代民族服饰应该是什么样的呢?

　　2001年10月,亚太经合组织会议在中国上海举行,20个国家和地区的领导人身着红、蓝、褐、绿的中式对襟唐装,在上海科技馆楼前合影。这个画面十分惊艳,"唐装"成为当年关于亚太经合组织会议的高亮词之一。

　　唐装此时进入国际视野恰逢其时。20世纪末,在北京、上海、广州等城市街头已经有一股复古风在流行。或许是受到王家卫电影《花样年华》的影响,张曼玉在影片中将旗袍演绎得风情万种,唤醒了人们对中国服饰之美的记忆。又或许是随着国家经济水平、国际地位的提升和民间财富的积累,人们开始回归基因深处的审美观念。一时间,年轻姑娘们纷纷钟情于绣花盘扣小袄和腰身纤细的旗袍。而以传统马褂为原型的对襟中式男装也开始在一部分男士中间走俏,被称为唐装,其版型很大程度上采用了西装的剪裁方式,看上去挺括、精神。中国主办亚太经合组织会议时,选择这种服装赠送给出席会议的各位领导人,有天时地利人和之便,也给这股中式时尚风潮增添了助力。

　　大部分亚洲国家、地区领导人对唐装是接受和欣赏的,而欧美国家领导人对穿唐装却不那么适应。从当时的照片上可以看到,有的男士没有系住唐装和里面衬衣脖领处的扣子。织锦缎在西方服饰中,尤其对男士而言,大抵是用于睡袍的面料,据说当时有两位领导人还商讨是否要穿这套"睡衣"礼服出镜。

　　"国服"不仅需要体现传统,也要跟上现代社会的生活步伐。唐装虽然集诸多中国元素于一体,但终因过于华丽而难以成为广为接受的正式场合中华礼服。

　　近年来,中国领导人和夫人在重大国际场合开始以中式礼服示人。例如，2015年中国领导人在对英国的访问中，在着装要求为白领结礼服的晚宴场合，身着深色中式礼服，其样式参照"中华小立领"，但是增加了口袋巾的现代元素，而且做工更加精良。夫人的衣着美观、典雅，尽显中华文化的现代表达，既符合国际规范，又突出民族特色，开启了中国领导人出访着装的新风格和新范式，为出席类似场合的国人提供了新的参照。

2014年冬天，亚太经合组织领导人非正式会议在北京召开，时隔13年中国再次成为东道主。这次中方为与会嘉宾准备的"新中装"做工更加精良，为宾客带来正宗的现代中国风。男式上衣采用的是提花万字纹宋锦面料，饰海水江崖纹、立领、对开襟、连肩袖，一字盘扣，外套有直下摆和圆下摆两种供选择，内搭立领重磅真丝衬衫。可以选择的颜色有故宫红、靛蓝、深紫红、金棕和黑棕色。女式衣服采用的是双宫缎面料，立领、对襟、连肩袖外套，可以选择的颜色有孔雀蓝和玫红。夫人们的是开襟、连肩袖的外套，内搭立领旗袍裙，图案多为花卉兰草，体现女性柔美，可以选择的颜色有孔雀蓝、深玫红、紫罗兰、藏蓝色。这些服饰所表达的中国传统文化元素通过优质的面料与柔和、文雅的服装样式得到充分展现。

## 旗袍是中国女士礼服的首选

回顾旗袍的百年变迁史不难看出，它是中国女性最具仪式感、最能体现端庄典雅之美的礼服。

1929年，依照南京国民政府颁布的《民国服制条例》，旗袍被确定为女子"国服"。此时的旗袍已经是在清朝传统旗女之袍的基础上改良的结果，腰身宽松平直，袖口宽大，去除烦琐装饰，而且多为纯色棉布质地，一度风靡于都市女青年和女学生之间。

20世纪30年代是旗袍最为流行的时期，其式样逐渐发生变化，最明显的是胸形和腰线更加合体，采用西式剪裁，勾勒出女性的柔美曲线。这种改良款旗袍在立领、右衽、开衩等形制上逐渐定形，被称为"海派旗袍"。往后20年间，中国经历了无休止的战乱，经济萧条、物质匮乏，旗袍的款式和工艺越发趋向简洁和实用。

1949年中华人民共和国成立后，劳动者的简朴之风兴盛起来，旗袍渐渐沉寂，不再是中国女性的日常服装。

又过了30年，伴随着改革开放和经济发展，中国人对服饰的需求更加多样化，国际交往也日益增多。1984年，国务院指定旗袍为女性外交人员礼服，作为传统文化的一部分，旗袍回归社会视野。2011年5月23日，旗袍手工制作工艺成为国务院批准公布的第三批国家非物质文化遗产之一。

服饰是文化的外在表现，个人对服装的态度和选择表达的是他的自我定位和内心归属。而"国服"应该是国家形象的一部分，其式样不仅要平衡传统和现代元素，也需要为社会大众所接纳和欣赏。那么中山装、唐装和旗袍，这些现成的选项是否能成为"国服"呢？在悠久的历史和灿烂的文明面前，什么样的服饰才能撑起中国"国服"的品牌呢？这些问题尚无明确答案，而中华文化和服饰的故事在时间的长河里将继续被书写。

（摘自《读者》2021年第18期）

# 出 走

蒋 勋

一九九七年的七月，我离开二十年未曾中断的教职，回到青年时读书的巴黎，租了一间画室，画了八张油画。

二十五岁的时候，我在巴黎，很穷，但有很多梦想。可以一整天只啃一根长面包，然后赶三场柏格曼的专题展，看到深夜两点，在清冷的夜晚沿着河岸走回家去。

二十五岁时，我很想画画，但是，颜料很贵，租画室也很贵。我觉得专职画画是一个奢侈的梦，只有偶尔到美术学院去找朋友时，才能挤在学生画室里画画人体素描。

在渐渐老去的时候，我忽然惊觉自己并未做完的青春梦。

我打电话给巴黎的学生，说："我想去巴黎画画。"

"很简单啊！我们帮你找画室！"他们言简意赅地回答，令我没有了退路。

是的，"出走"唯一成功的秘诀是不要让自己有退路。

于是，我带上简单的衣物，就出发了。

"工具不必带，这边都会准备好！"学生说。他们仿佛知道人一旦到了某个年纪，就会或多或少地有些犹疑与牵挂。

我的画室在圣米契尔广场，紧邻塞纳河。画画累了，走一分钟就能到河边，看河边晒太阳的人和鸽子，以及近在眼前的圣母院高高的哥特式塔顶。

我的画室是由老马房改建的，这一带在大革命前是贵族的宅邸，有高大的马房。马房高，采光、通风都很好，这和画室需要的条件类似。原来拴马的槽，每一间大概一米半至两米宽，中间用粗厚的原木隔开，做成马背式的弧形。改成画室以后，每一个隔间由一名画家使用，和原来的空间使用差不多，只不过，原来拴马，现在供人画画。

画室在一幢老房子中庭的后面，采光很好。我早上八九点到画室，把面对中庭高约三米的门拉开，阳光就如水一般泻满一室。饱满的光线映照在空白的画布上，使人忍不住想画画，想在那空白的画布上留下光和影，留下时间移动的痕迹或声音。

中午以后，其他人才来画室工作。他们来了之后，喝咖啡、吃乳酪，坐在中庭晒太阳。有人叹了一口气，对我说："巴黎没有人像你这样工作。"

"我知道！"我笑了笑，继续画我的画。

我知道我是在寻找遗失在这座城市某个角落的自己，二十五岁未曾做完的梦。我找得很着急，仿佛再不去找就会留下很大的遗憾。

如果生命没有遗憾，是不是可以生活得从容一些呢？

抽完烟，喝完咖啡，烤了一小块比萨，放在口里慢慢品尝，同室的画友叹了一口气，仿佛日子悠长缓慢得让人不知如何是好。她终于决定背起包离开，走时也对我说："巴黎没有人像你这样工作！"

我仍然笑一笑，说："我知道。"

我算了算，在故乡的岛屿，我有多长时间没有真正为自己生活了？有时为了父母，有时为了老师，有时为了社会上既定的习惯，看似认真地活着。那些考试、分数、升学的成功与失败、文凭与证书，它们究竟证明了什么？证明一个人更快乐吗？证明一个人更幸福吗？

也许，我们更加茫然了。

我们甚至很少去好好品尝一块比萨或乳酪的滋味，我们只是在"快速"地吃，或者"吃饱"。在食物里强调"速度"和"饱"，是一件多么悲惨的事。一个来自欧洲的朋友忍不住问我："为什么台湾有这么多'吃到饱'的餐厅？"

我竟然被问住了。当我们把"饱"作为吃的唯一目的时，我们将失去多少可能有的快乐。

但何止是"吃到饱"，在我们的一生中，升学、考试、升官、发财，不都是其他模式的"吃到饱"吗？

我一刻也停不下来。

在离去的室友留下一声意味深长的叹息之后，我继续在画布上画着——一个丰满而慵懒的妇人斜坐在缓和的土坡上，她与身后艳蓝色的海洋和天空连成一片。那些不同蓝色的颜料混合在一起，渗透到画布的纤维中。我感觉到，画布不再只是画布，而是许多纠缠在一起的绵或麻的经纬，是一丝一丝缠绕的线，它们中空的、柔软的部分，正缓慢地吸收着颜料。而我的画笔——从动物身上取下的、生命未曾消失的毛发，仿佛带着一种记忆，一种呼唤，一次又一次地抚触着那些纠缠着的纤维，它们彼此接纳、吸收、融合了。

巴黎夏日的阳光在缓慢地移动，中庭的光不再如正午时那般强烈。一些斜射的光，柔和地印在墙上，反射出每一扇窗户的玻璃，好像一种对话。

看看表，已经是晚上九点钟，但正是夕阳最美的时候。我知道，走出中庭，打开大门，米契尔广场上示威的青年、北非人的鼓声、来往穿梭的游客，都将使我陶醉于这繁华与狂欢中。但是，我仍珍惜这斜阳余晖渐渐淡去的天光，在夏日傍晚将入夜的时分，看画布上的妇人仿佛即将睡去，即将有漫天星子移来此处，可以使入睡者在睡梦中得到满足，使我找回自己遗失的梦想。

在开始衰老的年龄，创作使我重新年轻。我带着一摞稿纸、一本素描本，走到天涯海角，仿佛又成为那个二十五岁的青年，在河边读诗、画画，为自己的幸福而活。

（摘自《读者》2019年第9期）

# 我是怎么拍《觉醒年代》的

张永新

## 骆驼与车辙

2018年7月1日，我们带着党旗来到北京大学红楼。这一天，《觉醒年代》正式建组。在那里，我第一次看到李大钊先生的手迹，"铁肩担道义，妙手著文章"。

红楼是全国重点文物保护单位，剧组不能在里面实拍。我犹豫了好久，最后一咬牙，决定自己搭。我们租了一个大摄影棚，1万多平方米，基本还原了红楼的环境，包括楼梯的扶手、房间的开关、电灯的灯罩，甚至电线的走向都是实景复刻，虽然它们只是"背景板"，但只要在画面里，就要做到真实。

美术、道具部门下了大功夫。服装设计上，大钊先生的衣服，无论棉袍还是长衫，都是质地最粗糙、针脚最疏大的。胡适的衣服则以西装为主，非常得体精致。两个人着装上的区别，体现了二人性格的区别，乃至立场的区别。

声音设计上，上海有"小热昏"，北京有"数来宝"，我们让一南一北两个民间艺人在街头讲时政新闻。陈独秀、李大钊走在街头，剃头的拿着响器"唤头"，发出"镗"的鸣响；辜鸿铭坐的洋车车铃声，我们也反复采录，放入戏里。这是市井百姓的声场。

鲁迅先生登场，背景是小说《药》的场景原型。青年被斩首，众人争抢人血馒头。自始至终，先生没有回头，他在看什么？龙门石窟的拓片。那时先生精神苦闷，只得沉迷于金石，手里拿的是"龙门二十品"中的《郑长猷造像记》。拍的时候我没注意，剪片子时看到了，赶紧让人核实。他们告诉我，导演你放心，这是精心准备的。

心血就在这些点滴中，观众可能不会注意，但恰恰是这些地方，真正见功夫、见责任、见热情。

我们用了几百车的沙土，每车8吨，铺在横店的水泥路上。沙子是从张家口运来的，筛了好几遍，才还原出100多年前北京城风沙漫天的感觉。有不少街头演讲的戏，演员和我说，拍完第二天刷牙，还能刷出沙子来。陈独秀住的箭杆胡同，家门口20多米长的路，用了38车的土，马车来回轧了3天，才勉强轧出车辙。

为什么要拍车辙？秦始皇统一中国，书同文、车同轨，2000多年几乎没有改变。20世纪初，西方已经进入船坚炮利的时代，我们依然在古旧的车辙里踟蹰不前。《觉醒年代》讲述的6年，欧洲经历了"一战"，民不聊生；中国是军阀混战，列强环伺，你方唱罢我登场。

开篇第一个实景镜头拍的是骆驼。我们把机器埋在坑里，上面加一层强化玻璃，牵着骆驼来回遛。到第42遍，骆驼终于踩到了镜头，说"过"的时候，我的声音都在发颤。

骆驼给人的印象总是忍辱负重，就像当时我们这个国家在世界民族之林的状态。当温顺的骆驼的大蹄子，在逆光的升格镜头下，踩在千年不变的车辙上，所引发的联想，只有中国人能看懂。

## 肉身投馁虎

我喜欢拍动物，剧组的道具库就像一个动物园，鸡、鸭、鹅、羊、猫、狗、兔子、蚂蚁、螳螂，外面还拴着牛。拍的时候全组出动，引着它们往镜头前去。

蚂蚁出现了好几次。陈延年第一次将蚂蚁放生，弹幕里有人说"生如蝼蚁，心向光明"，有人说"已识乾坤大，犹怜草木青"，每个观众都有自己的联想。

就像陈独秀在监狱中看到的那只螳螂。放风时，先生走到墙角，发现一只小螳螂，将它端在手中。这时的配乐是古琴曲，带着杀伐之声。掌心里的螳螂，螳臂像刀一样，举起又放下。在那一刻，先生心中翻江倒海想的是什么？它带给观众无限的想象。

这是革命的浪漫主义。蔡元培风雪三顾陈独秀，请他担任北大文科学长。第三次，陈独秀"蓬门今始为君开"，音乐一起，俩人四目交接，一个起身行礼，一个哈哈大笑。很多观众说看哭了。两个加起来快100岁的男人，长得又不是多好看，为什么看得人心潮澎湃？这里面有我们中国人高贵的精气神。

黄沙、雨雪、大风，是我们常用的视觉手段。第三集毛泽东出场，剧本只有一行字，但我们下了大功夫。100多米长的街道，出现了横行的马队、乞讨的乞丐、鱼缸中的金鱼、污泥中的鸡鸭鹅、插着草标被卖的孩子、坐在车里吃三明治的少年。这时候，瓢泼大雨中，这个一袭青衫的人，怀揣《新青年》，一脚荡开了污水。

这种细节还有很多，鲁迅出场时的人血馒头，李大钊江南之行看到的裹着小脚、跟公鸡成亲的小新娘，法租界里蛮横的外国人，长辛店的工人，海河边饿死的同胞，义愤填膺的义和团老战士，安源煤矿拿着破碗接雨水的小孩……这些视觉元素，一再点出民国的荒唐。如果它不惨痛，何会有仁人志士抛头颅、洒热血，拯救这个国家？

如此，才知道先生们的伟大。陈独秀、李大钊撒传单的时候，戏台上演的是京剧名段《挑滑车》——金兵围困牛头山，岳飞麾下名将高宠连挑11辆滑车，终因马匹力竭，英勇战死。戏台上演的是精忠报国，楼上撒传单的陈、李二人，也是壮怀激烈。他们这样的教授，一个月几百块大洋的工资，本可以过锦帽貂裘的生活，是什么驱使他们"肉身投饿虎"，宁可被抓进监狱、断送生命也要振臂一呼？我以为，就是"爱国"两个字。

## "他们爱我""因为你爱他们"

《觉醒年代》拍的是伟人。但伟人也是平常人。有些剧我们不爱看，因为演的不是"活人"，总采用僵化的处理手法。今天的"90后""00后"，对影像的审美水平很高，眼光独到。观众不可欺，年轻观众更不可欺。

革命历史题材剧更要把人塑造得鲜活。剧里，编辑部开会，陈独秀边嗑瓜子，边把瓜子皮推到蔡元培那里，蔡先生推过来，他再弄过去。反复三次，蔡先生说，好，都给我了。看到这里，观众一定会心一笑，因为我们兄弟姐妹间，也常开这种玩笑。它是生活中的情趣，历史立马有了烟火气。

一场崇高的戏过去，我们会马上接一个有烟火气的场次。出狱时，陈独秀放飞了女儿带给他的鸽子英英，白鸽在阳光下像一只小精灵，镜头反打向监狱里的先生，透过铁栏杆看着外面的自由世界。这么美妙绝伦的画面，下一场切过来，是两个孩子坐在院里哭："爸爸是坏蛋，把我们的鸽子放走了。"

大钊先生，我们要拍他作为革命先驱的伟大，也要拍他作为父亲、丈夫的平凡。伟大孕育在平凡之中。李大钊和赵纫兰在雨中的最后一场戏，他向妻子承诺，等到学校可以摆上一张安静课桌的时候，两个人坐在教室里，他会一笔一画地教她认字。这是多么简单的承诺，但大钊先生终生没有实现。

大家喜欢的父子惜别那场戏，我们用了"闪后"的技法。陈延年、陈乔年在1927年、1928年先后牺牲于上海龙华监狱。我们快进时间，看到他们满脸血污、脚戴镣铐，血海中飘落朵朵鲜花，他们回头微笑；另一边，父亲陈独秀眼含热泪看着他们，仿佛看到了儿子们的未来。这场戏播出时，满屏的弹幕淹没了画面。我拍的时候也很动情，第一次做现场阐述时，所有人都眼中含泪，大家能感受到，这是我们想要表达的壮美。

这部戏拍了几个月，令人动容的场景至少七八十个。有一场戏，大钊先生站在火车头上，给长辛店的工人讲五四运动的意义。我跟张桐商量，加一句台词："中国是中国人的中国，我们自己的国家，我们不爱，谁爱？"张桐说的时候，眼中是含泪的。那天用了近400名群众演员，有老有少。在监视器里，我发现所有人的眼睛都是晶莹剔透的；拍完了，我扭头看后面的工作人员，大家都沉默着，眼睛都泛着泪光。

好多年轻朋友喜欢《觉醒年代》，他们把主席叫"教员"，叫蔡公"慢羊羊"，说辜老爷子（辜鸿铭）可爱，这些说法透着年轻人的率性与尊敬——他们心中有大格局，只不过以前很少有投射的地方。我不认为这部戏拍得多好，只是因为它激活了我们对历史的想象。李大钊、陈独秀也好，陈延年、陈乔年也好，赵世炎、邓中夏也好，正如鲁迅先生所言，中国永远不缺为民请命的人、埋头苦干的人、献身求法的人，他们才是中国的脊梁。

今年清明节，上海龙华的延年、乔年烈士墓前，鲜花比平时多了几十倍。有人把炒煳的南瓜子摆在了延年烈士的墓前。那是我们剧中设计的桥段，但观众当了真。

有网友写了一段虚拟的对话。大钊先生和延年烈士，看着今天的年轻人把鲜花摆在墓碑前。大钊先生拿起一束闻了闻，说"花很香"，把它递给了延年。延年说："先生，他们爱我。"大钊先生拍了拍延年，说："因为你爱他们。"

我还看到网友说，今天的合肥，有一条延乔路，旁边还有一条集贤路，而陈独秀安葬的地方就叫"集贤关"。这两条路始终没有交会，但有同一个终点，叫繁华大道。

（摘自《读者》2021年第18期）

# 夏老师的情义

明前茶

1

至今我仍记得夏老师第一次走进教室的场景：满教室飞翔的纸飞机与笑闹声都停了下来，整个教室刹那间变得鸦雀无声。班主任夏老师静静地立在教室前门，以一种"我就知道你们会很吃惊"的表情微笑着。

他是个中等个头的中年男子，大眼睛、高鼻梁，气质甚是明朗。只是，他没有左小腿。他拄着单拐，木拐杖在左膝位置有个横向的支托，让他截肢后的左腿能安安稳稳地放在上面。

他的第一句话就把大家逗乐了："别的班主任都能像侦察兵一样悄悄潜入，看自己班上的孩子乖不乖。我不行，50米之外，你们就会知道那是我，我的脚步声很'隆重'……"

大家笑了起来，夏老师的幽默和坦诚，一下子破除了我们心中的忐忑——应该怎样去面对这个与众不同的班主任？同情他，敬畏他，或者干脆敬而远之，似乎都不太合适。

夏老师教数学，与其他班主任没有什么差别，一样要自己拿教具、练习册和作业本，一样要准备各种各样的检查和公开课。

因为要一只手拄拐，他便用另一只手挎一个大号竹篾提篮，将教具和学生的作业本都放在里面，这让他有点像乡下赶集卖鸡蛋的大叔。

有个同学嘴快，把我们私下里的比喻说给他听，他也不恼，反而大笑，说："挎个篮子，再扎个花头巾，可以去扮演卖活母鸡的大嫂了。"学生想帮他拎竹篮，他也愉快地递过来，很自然地说"谢谢"。

胆大的同学问他："夏老师，你结婚了吗？有孩子吗？"

夏老师两眼弯弯含笑：

"我肯定比一般人结婚晚啊。不过，很幸运，我也成家了，有个5岁的儿子，他可比你们调皮多了。我以为，做了父母再来做教师，会磨掉很多急躁脾气，会更理解孩子各式各样的烦恼，理解他们的弱小与孤单。"

拎篮子的同学忽然插了一句："夏老师，你小时候，有人欺负你吗？"

同伴赶紧拉扯这个多嘴小子的衣摆，这个小动作也被夏老师瞥见了，他笑笑说："怎么可能不被欺负？我5岁因病截肢，到现在35年了。我小时候为此暗暗流过多少次眼泪，数也数不清。不过，我不也长大成人了吗？一开始欺负我的同学，见我不放在心上，也就慢慢失去了兴趣；而且，人都是会长大的，他们后来懂事了，有的还成了我的好哥们儿，教我弹吉他、骑车、游泳。"

## 2

夏老师就住在学校操场后面的教工宿舍楼里。后来，我们还见过他骑车出门的英姿——他的儿子骄傲地坐在自行车前杠上安设的小椅子上，后面的书包架上横绑着夏老师的拐杖，夏老师用右腿一下一下有节奏地蹬动脚踏板，自行车便悠然又平稳地前行。

我们看得目瞪口呆——哪件事都难不倒夏老师。

作为班主任，在带我们的3年里，夏老师向我们展示了无数技能：作诗、谱曲、弹吉他，甚至踢足球！放学后，班里的男生抽签分为两个小队，在球场上踢对抗赛，夏老师做裁判。

他当然不可能飞快地跑来跑去，还要挂着拐杖避让孩子们的冲撞，在双方一连串眼花缭乱的过人动作中，判定谁犯规，这本事依旧了得。

两边的男孩都调皮，不时起哄高喊："裁判开球，夏老师，来一个！"夏老师不扭捏，也不推辞，夹紧左腋下的拐杖，找到重心，右脚猛射足球，而就在那一瞬间，他再往前跳开一小步，稳稳落地。

欢呼声雷动，场上和场下都喝彩，就仿佛双方都赢了比赛。

夏老师不是一个世俗意义上有强烈胜负心的教师。我们班的数学平均分，比别的班高还是低，他从来没有提过，他看重的，是班里的孩子是否有生活自理能力，是否有纯真的笑容。

学校组织秋游，别班的老师耳提面命"要注意安全，要仔细观察，想着回去如何写作文"，夏老师却带着我们野炊。

从辨明风向、堆石砌灶开始，他一步步教我们如何在野外烤肉串和煮饺子。

同学们带来了饺子馅和饺子皮，夏老师带来了两个巨大的竹匾。他将拐杖横过来，席地而坐，开始包饺子。他包的饺子一个个胖鼓鼓，神气活现地站着，而我们包的饺子，都扁塌塌地卧着。

夏老师一锅又一锅地下饺子，先给那些拾柴火、拎泉水的孩子盛上，他最后吃的，是我们包的那些塌扁的、化在锅里的面片汤。

但夏老师毫无怨言，吃得很香："我第一次包饺子，水平与你们差不多。谁的手艺不是从无到有。"

3

我们学校位于南京明城墙脚下，风景优美但条件有限，没有除草机，每年暑假一过，操场上的草长得有半人高。

于是，开学后我们的第一次包干劳动，就是在操场上拔草。夏老师拄着拐与我们一起拔，还准备了好几副粗线手套分发给大家。这是一桩苦活，与养尊处优的假日相比，尤其让人腰酸背痛、叫苦不迭。

大家正喘着粗气，叫嚷着又被草丛里的蚊子叮咬了，胡乱拭去额头上的汗水时，忽然听到夏老师喊了一声："看，晚霞！休息一刻钟，我们吹吹风，抬头欣赏一下。"

这一刻钟里，西边的晚霞瞬息万变，像是在变幻光影的魔术。夏老师拄着拐杖，深情地说："很多年以后，同学们，你们会忘了学校里学到的大部分知识，可是，你们会记得今天，记得手上磨出的血泡，记得拔出来的草被晒干的香味，记得咱们一起看晚霞的这一刻。生活不仅有苦恼，有磨砺，也有幸福的奖赏。千万别错过了这些奖赏。"

夏老师坦白告诉我们他当年找工作的坎坷经历。试讲后，这位缺失半条腿的师范大学毕业生，令许多学校的领导左右为难。最后，是我们学校的老校长一锤定音。

老校长说："录用他，不是同情他，而是他值得这份尊重。青春期的孩子有很多意想不到的烦恼：长得胖，长得瘦，长得矮，脸上有痘痘，变声比人家慢，学习成绩不稳定……可是，如果让他们每天看到小夏老师这样乐观、有情有义地活着，视挫折和嘲弄如无物，能笔直地依照自己的目标成长，这比讲多少大道理都管用！"

夏老师满怀感激地追忆这一切，他记得老校长千方百计省出经费，在他入职前将教学楼通往宿舍楼的碎石小径，铺成平整的青砖路，并给他定制了一副底部包着牛皮的单拐。

夏老师带着我们学习、踢球、野炊、欣赏灿烂的晚霞，感受少年的忧伤与幸福。他说："我只是将老校长给我的信任和爱，传递给你们。希望你们长大后，也能把这份信任和爱，传递给自己的孩子。"

（摘自《读者》2021年第17期）

# 我生命中的 5 双手

陶 勇

大家好，我是陶勇，一名眼科医生。告诉大家一个好消息，最近我领证了。大家猜是什么证？

是坐地铁可以坐黄座、去公园不用买票的那个证——残疾人证。

能领到这个证，我觉得我很幸运，也感到很知足。我是2020年1月朝阳医院暴力伤医事件中被砍伤的医生，能死里逃生，我认为这是上天对我的眷顾。

2020年1月20日，临近春节，我原以为那天和任何普通的一天都是一样的，但没有想到，一个"春节大礼包"正在向我靠近。

那天，我正一如既往地低头看病例，抬头做检查，突然听到一声尖叫。我还没有反应过来，就感觉后脑勺"嗡"的一下，我的头受到特别沉重的暴击，我感觉像一个重物砸在我的头上。顿时整个脑袋昏沉沉的，我强忍着疼痛和眩晕，向门口跑去。

在跑的过程中，我回头一看，一把菜刀正在向我挥舞，于是我下意识地开始奔跑。

在一阵尖叫和嘈杂声中，我跑到楼梯的一个死角。当时我看见慌乱的人群中，一把菜刀正一刀一刀地砍向我。

关于那次事件，这就是我为数不多的记忆。

第二天，我成了媒体报道的对象。之后，我住进重症监护室，在那里待了两个星期。

那两个星期是我人生中最黑暗、最冰冷的两个星期。我第一次知道，原来被利器砍伤的时候并不疼，真正疼的是之后的恢复期。

当时我的大脑因为水肿，疼痛难忍；而我的左手，就像持续握着一个冰柱子一样，冰冷刺骨，我根本就感觉不到胳膊的存在。

那段时间，我日日夜夜都在接受着"严刑拷打"。其实身体的疼痛，时间一长就变得耐受，我没有想到更残酷的事情紧随其后，当派出所警察找到我，告诉我凶手的名字时，我就蒙了：怎么会是他？

当时我躺在病床上，看着天花板，又看了看自己被纱布包裹的左手，没找到答案。那是我第一次对从医的初心产生动摇。

那段时间我躺在病床上，身体的疼、心里的痛，一次次提醒我，也让我回忆起了小时候要当一名医生的初心。

我出生于1980年，妈妈在新华书店工作。小时候我特别爱看武侠小说，尤其是金庸的武侠小说。

我和小伙伴讨论，总是会问："你要做书里的哪一个人物？"他们总是说要做郭靖、杨过这样的大侠，神功盖世。

可是我觉得，大侠受了伤，总是要找神医来救治，而神医总是一副胸有成竹的样子，而且一出手就能把他们治好。

那个时候我就有了神医梦，总是想自己将来要是当一名医生就好了，行医就是我行侠仗义、救死扶伤的江湖梦。

在这段江湖梦中，为了行侠仗义，我曾经为患者垫医药费，也曾为了救死扶伤，免费给患者做手术。

有一个患者让我印象非常深刻，他的眼睛患有先天性高度近视，视网膜脱离，在别的医生那里，他一年中经历了3次手术。他最终找到我的时候，眼底几乎没有办法治疗。他去找别的医生，却被告知他只能放弃，而且最终的结果是眼球萎缩。但是我不甘心，我想起了那个神医梦，我想我要是能把他的眼睛治好，该有多好。

于是，看着那只几乎要失明的眼睛，我还是把他拉到手术台上，花了两个小时为他做手术。他萎缩的视网膜是怎样呢？打个比方，就像原本柔软的卫生纸被洒了一层胶水，最后胶水干了，卫生纸皱成团。要通过手术恢复视力，就像让这种卫生纸恢复柔软一样困难。但最终手术成功了，而且我还给他减免了不少费用。

但没有想到，视力恢复之后，他变成那个拿着菜刀向我砍来的人。

从重症监护室出来后，我的身体逐渐好转。有一天，我一个人坐在病房，看着自己的左手。"为什么这件事会发生在我身上？"这句话始终盘旋在脑海里，像一句咒语，我根本没办法将它驱逐。

作为一名医生，我曾经劝过数以万计的病人，对他们说："无论你面对的是什么，一定要想开一点儿，乐观一点儿，因为未来还有无限可能，一切都会好起来的。再难，我们都要坚强地面对，要好好活着。"

这些话，最终我必须送还给自己。那个劝别人的人，也成了被别人劝的人。

一名拿手术刀的眼科医生，失去了拿手术刀的能力，这意味着过去20年我在手术台上付出的所有努力、洒下的所有汗水，都化为乌有。

接下来，我能在医疗行业做什么？我还能为患者提供帮助吗？我还能像原来那样去拯救患者吗？我还能用我这双残缺的手，去为家人遮风挡雨吗？我开始寻找人生的坐标和参照物。

在过去，一共有5双手成为我的坐标和参照物，这5双手把我从厄运的深渊中拽了出来。

第一双手，就是当天一位患者家属的手。在我被袭击的那天，这位患者家属——一位母亲，她不顾自己的安危，用自己的右手赤手空拳地迎向菜刀，帮我挡住了致命的一刀。

2020年5月13日，当我恢复了出诊，再次见到她的时候，她完全没有顾及自己的伤势，而只是关心我，还把大家捐给她的6000元钱，捐给了比她更困难的盲童。当我看到她右手的伤疤时，我感到一阵刺痛，刺得我睁不开眼睛，因为这双手的主人在看到我的时候，眼里只有我，没有自己。

她告诉我，因为我在诊疗时想着帮她女儿减少治疗时间，这样她一周就可以少跑两次医院。她心里想：陶主任把我女儿当成他的孩子和家人，我就把他当成我的家人。她说："陶医生，你保护我的孩子，我保护你。"

那天她走后，我就问自己，她赤手空拳帮我挡了一刀，给了我重生的机会，我有什么理由继续消沉下去？所以这双手，我称之为"感恩"。

第二双手，是一个中年男人的手，这个中年男人有一个儿子，名叫天赐，他说因为儿子是上天赐给他们全家最好的礼物。天赐是我诊治时间最长的孩子，父子俩见证了我从医学生走向医生的过程，我也见证了这段血浓于水的父子之情。

2005年，两岁的天赐因为恶性肿瘤——视网膜母细胞瘤，摘除了左眼。为了保住他的右眼，十多年来，天赐的爸爸日夜陪伴着孩子在北京进行治疗，白天他们在医院接受化疗，晚上他们睡在火车站和地下通道里。

农民出身的天赐爸爸没有一技之长，只能靠卖报纸、串糖葫芦、扛包等挣钱。即便在这样艰难的情况下，他们还可以为来北京看病的老乡捐款。他们每天只花5角钱吃馒头，但可以捐出10元钱去帮助身无分文的老乡看病。

多年以来的坚持，带来的却仍然是残酷的结果，天赐右眼的眼部肿瘤还是无法控制，最终右眼也被摘除了。

天赐的爸爸跟我说，得知孩子双目失明的时候他接受不了，大哭了一场。这位饱受命运打击的平凡父亲，最终不得不接受这一事实，开始为孩子的将来做计划。他拿着在我们看来形状完全相同的方块，涂上不同的颜色，来训练孩子的触觉和记忆力。

经过不懈的努力，天赐不仅拥有了惊人的触觉认知能力，还学会了盲文。

天赐爸爸也加入我们北京朝阳医院的守护光明志愿队，帮助从全国各地赶来的患者，在他们候诊的时候送上温暖。一家人的生活，在天赐爸爸的努力下，走向了正轨。尽管孩子的命运不幸，但这个饱经沧桑的男人，却依旧选择善良，用双手托起了天赐的太阳。他就是天赐的光。

在这双长满老茧的手上，我看到了坚强的人性、与厄运抗争的努力。这双手，我称之为"坚强"。

第三双手，是一位阿婆的手。很遗憾的是，这双手的主人已经不在了。但她为自己缝制寿衣的画面，却永远在我的脑海中保存着。

有一年，我参加"中华健康快车"项目，去江西省乐安县为当地的贫困百姓免费进行白内障复明手术。当时有一位王阿婆，她的状况非常糟糕。她驼背非常严重，眼睛的白内障也非常严重。她的眼睛非常小，眯眯缝，我们称之为"一线天"。她的肚子里还长了恶性肿瘤。她的时间不多了。

当时火车上的手术条件有限，因此我一开始拒绝为她做手术。

但王阿婆通过当地联络员告诉我，她想"回家"。我问联络员这是怎么回事，联络员告诉我，当地有一个风俗，那就是阿婆在去世前必须穿着自己亲手缝制的寿衣，到了那边才能被她的家人认出来，她必须"回家"。

阿婆只有这个小小的愿望，我犹豫了很久，决定帮助她。当时阿婆在手术台上非常镇静，一动不动，半个小时后，手术成功了，最终阿婆的视力恢复了。一个星期之后，当地联络员告诉我，阿婆去世了，但阿婆在这个星期里亲手为自己缝制了一件寿衣。

她把出嫁时母亲送她的木梳缝在左边的口袋里，把儿子和丈夫的照片缝在了右边的口袋里，把两个口袋的开口都用细细的针脚缝死，这样它们就不会掉出来。

阿婆让联络员告诉我，谢谢我给了她7天的光明，帮她找到了"回家"的路。阿婆说，这些年她一个人，什么也看不见，她在黑暗中特别孤独，所以她特别想念家人。

一位生命即将走到尽头的老人，在生与死的边缘记挂着的，是重见光明和与亲人团聚。

她对医生的信任，让我有机会给了她7天的光明，这短暂的光明又反射回来，将我自己的内心照亮。在生命的最后7天里，阿婆用缝制寿衣的双手让我懂得：医生能带给患者的，不仅仅是解除病痛。

这双手，我称之为"希望"。

第四双手，其实是来自一个特殊群体的手。作为医生，20多年来我身边围绕着太多挣扎在生死、病痛、贫困等困境中的病患和家属，他们之中大多是彻底陷入黑暗的盲人，但恰恰是这些比我们承受了更多苦难、更多痛苦，却仍然积极面对生活、面对阳光的人，展现出远胜于我们的勇气和乐观。

他们，有的是能凭借记忆捏出橡皮泥作品的盲童，比如广西的微微。还有每周带领近200名盲人在奥林匹克森林公园进行马拉松长跑、参加过70多场马拉松比赛的盲人何亚军。

有掌握多种乐器、能够弹奏高难度钢琴曲的盲童城城，还有依靠音频顽强学习、考上大学的藏族失明少年次仁，他的梦想是毕业之后去拉萨的特殊教育学校，教更多的盲童学习藏文。

有盲人化妆师肖佳，虽然她看不见自己的模样，但通过在网络上教盲人女孩给自己化妆，她让她们有了自信，把更美的自己展现给大家。

还有更多的盲人，不但自立、自强，还用自己多年积累的经验开办盲人生活训练营，免费帮助那些陷入黑暗和绝望的中途失明人士，教他们生活自理，勇敢地走出家门、融入社会。

这双手，我称之为"乐观"。

第五双手，来自一次公益战略发布会上的握手。两年前，一位中年得子的父亲心急如焚地找到我，他7岁的儿子因不明原因眼内化脓，视力急剧下降，之后完全失明。孩子已经看不见视力表在哪里，更不知道视力表上的"E"开口朝哪儿。

通过我研发成熟的眼内液精准检测技术，我们在不到一小时的时间里发现了真凶——酿脓链球菌，它是一种革兰氏染色阳性球菌。于是，我们通过向眼内注射针对性抗生素，及时挽救了他孩子的眼睛。孩子的视力不断地恢复，最后不到一个月，视力恢复到了1.5。在这次生病之前，他另外一只眼睛的视力才是1.2。

孩子的爸爸喜出望外，拿出数十万元，通过梦想基金会向我的老家江西省南城县建昌镇的两所贫困学校，捐赠了两间"梦想中心"教室。因为"梦想中心"教室的效果特别好，所以2020年，江西省教育厅决定大力推进这种模式，宣布未来4年内将在整个江西省建设1000所"梦想中心"教室。

可以想象，成千上万个孩子将从"梦想中心"教室走出来，会因此更快地找到通向未来世界的大门。这一切只是源于我治愈了一个7岁孩子的眼睛，这种巨大的成就感，是无法用物质来衡量的。它也让我觉得：做医生是最值得的！

这双手，我称之为"善良"。

感恩、坚强、希望、乐观、善良，这5双手赋予了我这只残障的左手无比的勇气和力量，虽然因为手伤我无法再做精密的眼科手术，但我从未觉得人生会因此陷入黑暗。

当我从医生成为患者，又从患者回到医生的岗位，我比任何时候都更加懂得爱和希望是多么重要，也更加理解"医学是人学，医道有温度"这句话。

通过20年来的思考和沉淀，我将自己的医学知识体系和经历过的人生百态相融，形成了一整套自洽的逻辑。从医让我觉得很幸运，它远远不是治病救人这么简单，它还是哲学和科学的融合，是身心的平衡。

我愿意将这份善和爱传递下去，有朝一日，实现天下无盲！

（摘自《读者》2021年第16期）

# 刘邦的神奇创业团队

张　嵚

在明太祖朱元璋之前，中国历代皇帝里最神奇的"创业奇迹"——汉高祖刘邦常被人吐槽的，就是其无比草根的"创业团队"。

刘邦的"创业团队"有多草根？以东汉学者王符的话说就是："高祖所以共取天下者，缯肆、狗屠也；骊山之徒，钜野之盗，皆为名将。"特别是那几位最早跟刘邦"创业"的团队成员，樊哙"以屠狗为事"，夏侯婴"为沛厩司御"，灌婴"贩缯者也"，周勃"以织薄曲为生，常以吹箫给丧事"。就算"层次"稍高一点的萧何，也不过是县衙的刀笔吏……可是，待到刘邦扯旗造反，开始逐鹿中原的大业后，当年这群"狐朋狗友"，却一个个"华丽转身"，不但在战争年代屡建奇功，更成了西汉开国后的栋梁。

据《史记》统计，汉初刘邦册封的功臣里，八成以上出身于社会底层。刘邦的"狐朋狗友",更是个个封侯拜将。如此奇景,叫不少后人啧啧称奇:你看刘邦就是命好,身边一群草根,个个有本领,他不成功才怪。但事实是,这事儿哪能这么随随便便成功。

刘邦的"狐朋狗友",这些秦朝"和平年代"里的草根,为何突然就有了"治国平天下"的本事?首先一个原因,是刘邦识人的能力强。

别看刘邦没素质,却很有眼光。对这些年轻时就相交的"狐朋狗友",他不但知根知底,更清楚他们几斤几两。

比如公元前195年,汉高祖刘邦弥留之际,面对一团乱麻的身后事,他还能有条不紊地布置:萧何之后,曹参可以接替他为丞相;曹参之后,王陵也能胜任,但王陵"少憨",必须得有陈平辅佐。陈平够聪明,但难以独当一面。"重厚少文"的周勃才最重要,因为"安刘氏者必勃也"。

这一番点评,对比接下来的历史,简直句句是神预言。正是这近乎神预言的知人能力,让刘邦能够把这些"狐朋狗友"准确放到合适的位置上,在面对关键决策时,更不会受"狐朋狗友"的误导。

比如当谋士陈平来投奔时,周勃、灌婴等,当时都给陈平打了差评。刘邦却通过自己的判断,认定陈平是他需要的人才,不但大胆留用,更是放手让陈平办事。批给陈平"活动经费"后,刘邦也是"恣所为,不问其出入"。也就是你大胆办事,用多少钱看着办,账都不用报。

更关键的是,也正是这强大的识人能力,让刘邦能够明白,包括"狐朋狗友"在内的团队成员真正想要的是什么。

于是,当各位功臣为封赏问题争论不休时,刘邦先封了自己最厌恶的雍齿,一下子就叫大家放心了。他的团队成员,既包括樊哙、周勃等早年的"狐朋狗友",也有韩信、陈平、郦食其等"外来人才"。但不管什么出身,什么阶层,在楚汉争霸等关键时刻,这些人都能在刘邦的高超手腕下，形成合力——这合力胜过了很多"天纵英才"。

虽说如此，这些"狐朋狗友"的弱点也很明显。可刘邦成功有另一个关键因素：不管每个人有什么缺点，整个团队的战略决策始终高对手一筹。

就以惨烈的楚汉战争来说，尽管刘邦本人昏着儿不少，败仗更多。在项羽的骁勇兵马面前，他多次一败涂地，但其战略能力，始终领先一筹：被项羽困在汉中蜀地时，以"暗度陈仓"的妙笔，快速拿下关中平原；楚汉中原碰撞时，整个团队更是依托关中平原根据地和强大的后勤保障，一面与项羽正面对峙，一面以迂回战略剪除项羽的羽翼，最终把曾经百战百胜的西楚霸王项羽，活活逼死在乌江边上。

在这场较量中，尽管项羽的麾下名将云集，军队战斗力强劲，整个大战略格局，却处处受制。刘邦团队的成员，不是有什么奇思妙想，而只是做好本分，以最大的合力，执行战略。

这也是为什么胜利后的刘邦会把萧何、韩信、张良这三位列出来大谈特谈。因为，比起各位"狐朋狗友"，正是这三人的存在，令刘邦团队确立了强大的战略优势，让大家沿着这条战略道路猛冲。

最后一个重要原因是，作为团队的掌舵人，善识人的刘邦也有着强大的纠错能力。

中国历代农民起义里，最让后世读史者看不下去的，就是手里抓着一把好牌，却犯下各种愚蠢错误，比如李自成在占领北京的41天里，上演了种种令人匪夷所思的闹剧。

但当团队面对的局面发生变化，战略方向需要调整时，错误也就难免。类似的昏着儿，刘邦也不止一次地犯过：第一次打进咸阳后，就开始纵酒享乐；后来拿下彭城，又开始歌舞升平，然后就被项羽一个突袭，差点连老本都赔光……但不同的是，刘邦纠错的速度十分快：咸阳"放飞"

后，他立刻"约法三章"，成功抢回民心。彭城惨败后，他又迅速建立荥阳防线，以最快的速度稳住了战线。最经典的，当属"白登之围"。在此之前，刘邦不听谋士娄敬的苦劝，一怒之下冲进匈奴人的埋伏圈，差点把十万大军搭在白登山上，可怜的娄敬也被刘邦发配流放。

而刘邦死里逃生后，第一件事就是请回娄敬，赐他高官厚禄，命他放手谋划和亲，为残破的汉朝换来了休养生息的宝贵时间。

刘邦如此"打脸式"的纠错，看似丢了面子，却让整个团队在险滩中一次次躲过暗礁。这强大的纠错能力，也叫诸多"狐朋狗友"能够被放在合适的位置上，继续发挥合力。

所以综合说来，并非刘邦命好，遇到了一群有才的"狐朋狗友"，而是一个懂得高效纠错，确立正确战略方向，且能形成合力的团队，成就了事业的辉煌。这或许才是楚汉历史留给后世重要的启示。

（摘自《读者》2021年第17期）

# 孤独之妙

丁小村

## 1

稀康在洛阳街头打铁。

1700多年后，有一种铁器就叫洛阳铲，不知道稀康跟这件铁器有没有关系。我常常会想一个问题：稀康打铁，到底打了些什么？

我猜他肯定不会打刀剑，不会打农具，八成会反复打造一把小铲子，这玩意儿更像一个玩具——就好像重返幼儿时代，孩子们喜欢用它在时光的沙滩上挖呀挖，自得其乐。

打铁这活儿，适合孤独的人干。

小时候我经过铁匠铺，总会看半天：通常是一对师徒，你一锤我一锤，在铁砧上敲打着通红的铁块，他们赤裸的上身湿漉漉的，闪烁着汗珠子的光泽。

让我深感意外的是：这对奋力敲打的师徒，几乎从不说话——他们默默地捶打着铁块，直到把它变成一把锄头，或者一只锅铲。

## 2

李白狂傲，敢说："古来圣贤皆寂寞，惟有饮者留其名。"

李白怎么度过孤独的时光？他看山："众鸟高飞尽，孤云独去闲。相看两不厌，只有敬亭山。"

你们爱飞多高飞多高，我跟山做朋友总可以吧？你们不喜欢我，我也不喜欢你们——对一个孤独的人来说，不能打铁，那就看山。

## 3

看山这事儿还有一个人爱干，辛弃疾。

"我见青山多妩媚，料青山见我应如是……不恨古人吾不见，恨古人不见吾狂耳。知我者，二三子。"每次读辛弃疾的诗句，我只有一个疑问：那"知我"的"二三子"是谁？我怀疑其中一定有李白。这两个人有很多共同的爱好：都喜欢仗剑，都喜欢远游，爱喝酒，爱写诗；除此之外，他们都狂傲而孤独。

别人享尽荣华富贵，他们享尽孤独寂寞。别人夜宴欢饮，他们独对青山。别人成群高飞，他们欣然独往……就在孤独中，他们得到了某种自由。

# 4

伟大的智者如博尔赫斯，他已经看淡繁华，看透虚浮。

博尔赫斯生前是国家图书馆馆长——这大概是世界上最不需要繁华热闹的官职。

博尔赫斯心里几乎装了一整座图书馆。每次读他的文字，我都会感慨，人世间怎么会有这样的人！他博学睿智，脑子里不但装下了世界的往昔，还创造出属于自己的奇妙的小说和诗歌世界。

当然并非他的脑子特别复杂，而是他习惯了这种安静的生活，把孤独变成人生的财富。与朋友谈到博尔赫斯时，他说："当看到他和猫在一起的照片时，我觉得他内心孤独而温柔。"一个老人和一只猫。一个人和一座图书馆。一个作家和孤独。

我想起一个打铁的人：他把孤独锻造成人生的玩具。

（摘自《读者》2021年第21期）

# 刘清莲的小奇迹

李小晓

## 20世纪80年代

我叫王子禾，生于1980年。我父母都是西安高校的教职工。我的母亲刘清莲，1954年生，一辈子都在校图书馆工作。在我的记忆中，刘清莲是个风风火火的泼辣女人。

那时候我们住在高校分配的筒子楼，左邻右舍都是父母的同事。20世纪80年代初，粮票制度还没有取消，邻居们总会把粮票悄悄交给刘清莲，然后刘清莲隔三岔五夹着一包粮票神秘兮兮地出门，不知去哪儿把粮票换成钱。那时面值1斤的粮票能换1角钱，刘清莲再用换来的钱从远房农民亲戚手里买低价的新米，一斤新米只要8分钱，还搭送一纸袋江米条。

一来二去，一斤米就省下了2分钱。

当时我家隔壁住的是孙教授。那时候的工资都是分级且公开的，孙教授家两口子每月工资138元，我父母的加起来每月126元。刘清莲一直觉得孙教授家条件更好，每月多出12元收入，内心有了"阶级差异"。刘清莲一直想方设法填补这12元的"鸿沟"。

刘清莲擅长动手。家里的鞋架是刘清莲用纸箱改的，蜂窝煤也是刘清莲自己用手捏了晾的。整个筒子楼的人都知道，老王有福，娶了个会持家的好老婆。

我一直觉得自己家是全院子最穷的，直到1986年，一切突然改变了。1986年是刘清莲最自豪的一年，她后来足足念叨了半辈子。也从那一刻开始，我明白了刘清莲省吃俭用的意义。

那是夏天的一个午后，刘清莲和父亲的几个同事一起搬回了一个大箱子。放下箱子后，刘清莲慷慨地切了一个大西瓜，分给在场的每个人。大家围着箱子一边吃西瓜，一边大声地聊天，每个人都很兴奋。后来我才知道，箱子里装的是一台彩电，一台带遥控器的18英寸的松下彩电。

我家成了全院子第一个有彩色电视机的家庭。从那之后，我们成了院子里最阔气的人家。尽管灯泡还是15瓦的，但这并不影响我家门庭若市。后来几十年，刘清莲都为这台彩电感到自豪，她总是说："这就是节约的好处。"

## 20世纪90年代

20世纪90年代初，我父亲评上了高级职称，终于拿到了和孙教授一样的工资，每月400元。刘清莲依然在学校图书馆工作，月薪280元。这些钱都被刘清莲小心翼翼地存在银行里。

我们搬出了筒子楼，搬进了单元房。孙教授一家住在我们楼上，我和孙教授的儿子孙猴是同学兼最好的朋友。

那时，我和孙猴就像两个混混。我们在同一个班，放学以后就一起满城晃荡。

1993年，陈凯歌导演的《霸王别姬》上映了，轰动一时。据说平日5角的票被炒到5元。我和孙猴急眼了。且不说5元对我们来说是笔巨款，而且就算凑到钱，我们俩也没有路子去搞票。于是我们做了一个大胆的决定，逃票！

某天放学后，我和孙猴在电影开场时借着人流的掩护从地上摸着爬进了和平电影院的大厅。然而，进去以后并没有我们俩的座位，我们就坐在逃生门旁的地上。可惜电影还没开演，我们俩就被一束手电筒的白光照得睁不开眼，被管理员抓住。

之后我们被管理员带到了办公室，他让我们联系家长来接，我们只能灰溜溜地给家长打电话。不久，刘清莲就出现了。还没等我看清刘清莲的表情，已经被一个大巴掌打得眼冒金星。

"你长本事了，这次丢人丢到社会上了！"刘清莲指着我的鼻子骂。"你不是最爱省钱了吗！我这不是帮咱家省钱吗！"我辩解。

"你还有理了？"刘清莲声色俱厉，"我省钱光明正大，你这叫偷鸡摸狗！"我被拽着耳朵拖出了电影院，一路上刘清莲都铁青着脸。

晚上睡觉前，刘清莲推门走进我的房间，表情和缓了很多，手里还捏了5元钱。"你真想看就买票去看吧。"她把钱放在我的桌上，"你记住，省钱和占便宜是两回事。"她放下钱就转身出去了，关门时又留下一句，"我是爱省钱，但我从来不占便宜。"

## 2008年

1999年，父亲已经是西安高校的正教授，月薪也达到了2000元。刘清莲依然在学校图书馆四平八稳地工作，月薪1000元。这一年，我考进了中国人民大学，孙猴考上了北京航空航天大学。本科毕业后，我又留校读了研究生，后来留在北京的一家信息技术企业工作。

从1999年到2008年，我在北京度过近十年光景，刘清莲竟从未来看过我。也是在2008年，刘清莲退休了。她告别了自己三十年如一日守望着的校图书馆，以每月1800元的退休金阔别了安静的职业舞台。我想，是时候让刘清莲来北京看看了。

我在网上抢到了两张奥运会比赛的票，拳击比赛四分之一决赛，属于很热门的比赛。我兴奋地给刘清莲打电话，说这个夏天你来北京吧。刘清莲却拒绝了。我让父亲帮我做工作，但几天过去，父亲的劝说工作毫无进展，刘清莲死活也不愿意离开西安半步。

正当我准备约别的朋友去看奥运比赛的时候，刘清莲突然主动给我打了电话，说她要来北京。她突然的转变让我惊呆了，我想一定是发生了什么。"孙教授去世了。"父亲在电话里沉痛地告诉我。

孙教授几十年来一直是父母的近邻和挚友。相对于我们家的节约，孙教授一直比较想得开，老两口这些年常常出门旅游。孙猴在北京结了婚，老婆前不久怀孕了。孙教授老两口听到好消息就冲到了北京。正准备安享天伦之乐时，孙教授的身体却不好了。赶到医院一查，肺癌晚期。从确诊到去世，只有两个月时间。

去世前两天，刘清莲和父亲去探望孙教授。也许是回光返照，孙教授那天红光满面，撑着精神聊了很多。孙教授说，事到如今，他已不畏死，所幸此前也没有辜负岁月，吃也吃了，玩也玩了，再无遗憾。"我最庆幸的事，就是在我查出生病之前去了趟北京，和儿子一起住了几天。"孙教授拉住刘清莲的手说，"小刘啊，世间万物，生不带来，死不带去，唯有家人团圆难再得。"这句话成了孙教授留给刘清莲最后的话。

2008年8月初的一天，刘清莲启程进京。

周末我带刘清莲去崇文门新世界商场。我能看出她是快乐的。她脸上表情舒展，安静地走在我的身边，我想象得出她当年走在父亲身边的样子。剥去岁月的老茧，原来的她，应当是个秀雅清丽的女子。

我想买东西给她。我多么希望她能透过橱窗看到一条心仪的裙子，然后走进去像个孩子一样举着裙子在镜子前面旋转，爱不释手。然后我就可以在一旁夸赞她不输岁月的美丽和优雅，再潇洒地掏出信用卡，在收款机上方画出一道任性的曲线。

但现实总是事与愿违。每当我看到一家适合她的店铺，试图带她进去，她就会用一股强大的力量把我拽回来，说："不看不看。"我们就像视察建筑空间一样把商场上上下下走了一遍，一家店都没有进。

后来趁她去洗手间排队的时间，我的一股不甘心涌上后脑，转身走进一家女装店，看到中央模特身上穿着一件紫红色连衣裙。我想象刘清莲穿上它会多么端庄。我叫来营业员，简单形容了一下刘清莲的身高、体型，然后就付了账，甚至在付钱的时候我才知道这条裙子的价格，1000元出头。

刘清莲从洗手间出来，我把装着裙子的纸袋递给她。她的脸一下涨得通红。"你疯了吗？你的钱多得能烧了吗？赶紧拿去退了！""不能退。"我说。

刘清莲气得一时语塞，半晌说不出话。"你这不是在孝顺我，你这是在气我。"刘清莲冷冷地说，"这件衣服我一辈子都不会穿的。"

　　回家的路上，刘清莲都没怎么和我说话。我也没有和她说话。

　　两天后，我带刘清莲去看比赛。比赛开始，中国选手登场，我们随着啦啦队的引导，全场起立，大声呼喊："中国队加油！"场上的气氛一下子热烈起来，尤其在选手进攻的时候，大家的加油声和他进攻的节奏完全契合。比分在一分一分地累加，经过4个回合，比分变成了13比4，中国选手大胜，成功进入半决赛！

　　在裁判宣布中国选手获胜的时候，全场发出了雷鸣般的声响，太高兴了！在尖叫与欢呼声中，我回头看刘清莲，她竟然哭了。

　　散场时人很多，我和刘清莲索性徒步回家。伴着北三环的车水马龙、万家灯火，刘清莲打开了话匣子："我们这代人，从'文革'走到今天，从农村走进城市，从筒子楼走进单元房。我们看着自己的生活一点点在变化，看着国家一点点在富强，看着自己的孩子生活在一个更好的时代，我们欣慰啊，觉得这么多年的愿望都实现了。

　　"我从农村考学到西安的时候，觉得生活已经到头了，没法更好了。谁知道如今还能来北京，还能亲眼看到中国选手获胜，这是我当年做梦也不敢想的。

　　"年纪越大的人越爱国。我们父辈都是老革命，你姥姥一针一线给人纳鞋底，你姥爷南征北战，还被子弹打穿过骨头。刚刚我就在想，如果他们能看到这一幕该多好，该有多激动、多骄傲。

　　"我们和父辈吃过的苦，都值得。"

　　刘清莲絮絮叨叨讲了许多。我默默听着，心中如有万马奔腾。我突然理解了她。她经历过的时代，目睹过的艰辛，我不懂。但从小到大，我看得到她用瘦小的身躯用心经营生活的样子。那是一个女人，一个劳动者，一个母亲，怀着对未来的期许，甘愿对生活俯首的谦卑。她们拖着包袱徒步千万里，突然看到鼓乐齐鸣、百花齐放，她们知道，原来自己一直走在对的路上。

## 2012年

32岁的我已经是互联网公司的高级员工，年薪税前40万元。

我有一个未婚妻，叫娇娇。随着婚嫁之事被提上日程，具体的问题也浮上水面。房子成了我们不得不面对的问题。

就在我一筹莫展之时，刘清莲来电话了："子禾，你们准备买房了吗？我和你爸商量好了，我们俩出80万。着急的话明天就打给你，不着急的话就等下个月定存到期了。"

我震惊了。我无论如何不能想象，月薪从未超过2000元的刘清莲，和月薪从未超过5000元的父亲，如何能攒出这样一笔巨款！

"你们哪儿来这么多钱？"我一时回不过神。

"你以为我这些年省吃俭用都省哪儿去了？"刘清莲得意地给我算她的小账，"我1980年开始攒钱，开始每年攒500元，现在每年能攒5万元。然后我们买了国库券、保险，还有5年期定存，平均年利率都在4%以上。你算算，这样年复一年，30年下来是多少？"刘清莲说这句话时，骄傲得像个斗士。

我突然总结出了什么。对刘清莲来说，有两件事很重要，一是仪式感，二是传承。

她辛辛苦苦地积攒，最终争来的是一口气，一种具有仪式感的证明。当邻居们坐在我们家聚精会神看电视的时候，她从心底感到宽慰和满足。她的节约从来不是吝啬，而是一种苦行僧式的执着。最终她希望她所积攒的财富和功德，能够通过血脉传承下去。她就是那种典型的母亲，自己省吃俭用一生，临了则不介意将一张承载着一生辛劳的存折颤颤巍巍地交到后代手中。那一刻，她能够感到安全与圆满。

用刘清莲和自己的存款作为首付，我在望京买了一套总价350万元的房子，三室一厅，宽敞明亮。

## 2015年

结婚3年，我和娇娇住在用父母一生的积蓄换来的房子里，平淡而安逸。2015年春天，娇娇生下了我们的儿子，笑笑。

然而，新生的喜悦很快就被噩耗打破。刘清莲生病了，医生怀疑是乳腺癌，需要进行手术。

手术前一天我带着粥到了医院，刘清莲一见我就严肃道："我有话要跟你说。"她直起身，靠在枕头上，戴上老花镜，从枕头下面拿出一张信纸。

"您说，我听着。"我搬了把椅子坐到她床边。

刘清莲把那张信纸递给我说："昨晚我一宿都没睡好，这是我半夜写的。"

我低头看，上面是刘清莲娟秀的字迹，认真列出了她手里的资金情况，我掐指算算，总共竟有近40万元，而这距离上次她给我80万元买房仅过去3年。可以想象，这3年刘清莲和父亲又是如何省吃俭用，实践着她的奇迹。

"密码全是你的生日。"刘清莲说。

刘清莲交代完钱，长舒一口气，仿佛完成了重大的使命。她闭了一会儿眼睛，然后睁眼望着天花板，说："子禾，我不是个爱钱之人。钱乃身外之物，生不带来，死不带走。年轻的时候节省，是为了在关键时刻拿得出钱，挣的是份踏实日子，是骨气。岁数大了，自己花不了什么钱，也挣不了什么钱，就想着能省一分是一分，留给你们，你们还有几十年的好光景。我省，但我不希望你也省。你过好你的日子，该花的钱别心疼。我这病能治就治，如果治不了就不治了，回家歇着。"

我听着，突然觉得刘清莲是在交代后事，又像在总结人生。瘦小寡言的她，原来心里跟明镜似的，轻重因果，早就捋得清清楚楚。

第二天一早，刘清莲被推进了手术室。我和父亲守在门口，两个人都低头沉默着。

时间过得很慢，像一个世纪那么久。两小时后，医生终于推门出来，宣布："良性，已缝合。"

我搂住父亲的肩膀，看到父亲的嘴角也在颤抖。那一刻，我觉得"有惊无险"是世间最美好的词。

## 2018年

笑笑3岁了，我决定给他办个生日派对。

办生日派对不是为了哄孩子开心，更不是为了攀比，而是我想明白了一个道理：人生都要走过艰难与负重，也终将面对生老病死、骨肉分离。因此，当家人都健康地站在彼此身边时，应当去欢庆每件值得欢庆的小事，去享受每个向彼此绽放的笑脸——这比任何事情都更有意义。

笑笑生日派对当天，阳光异常灿烂，初春三月温暖得恍若夏日。刘清莲出门前让我们先下楼，说她稍后就来。等我在楼下再次见到她的时候，我惊喜地看到，她竟换上了十年前我在崇文门新世界商场给她买的那件紫红色连衣裙，那件她当时声称"一辈子也不会穿"的连衣裙。

虽然迟了整整十年，但她穿这条裙子的样子，和我想象的一样优雅美丽。

岁月终将刘清莲和我之间的沟壑填平了。我终于成了能够撑起一方屋檐的男人，我的母亲也终于可以彻底放松下来，做一个乐享天伦的老太太。

（摘自《读者》2021年第12期）

# 手艺的江湖

明前茶

　　大雨初歇，我拎着要修的鞋子出门了，才发现老鞋匠的摊位上空空荡荡，只能失望地往回走。忽见20米开外，一个修自行车的师傅正在翻转自行车，准备把漏气的轮胎卸下来。我便问他："鞋子开胶了，急寻老鞋匠来修，你可知道老鞋匠什么时候出摊吗？"

　　修车师傅打量着我手里的鞋，断然说道："你这双鞋，他弄不来。老鞋匠原来在钢厂工作，手劲儿过人，修鞋多半是挤完502胶，像捏饺子皮似的，用力把脱胶的鞋帮捏拢了。你这鞋帮子将来还得开裂，想永不开胶，得缝一圈麻线……"听这意思，他才是民间的一个修鞋高人。

　　反正我也不赶时间，索性坐下来等他修完车，再帮我修鞋。只见他准备了半盆水，将自行车轮胎一段段搁在搪瓷盆里找漏点，找到漏点后，将小片胶皮在喷着蓝火的电枪上烤软了，再严严实实地补在漏点上。接着，他用电动磨轮在补漏点附近小心锉磨，就像给美人遮瑕一样，让轮胎平滑匀整，看不出任何补漏痕迹。

这条街的清洁工显然是他的老朋友，这会儿正坐在一把太师椅上，边吹着小凉风喝着茶，边笑话他："你看你，配钥匙30年了，活儿越做越杂。当年你也是一条任性好汉，只管配钥匙、开锁，其他时间就只顾着用收录机放音乐、练舞。哪怕那些被锁在门外的人急着回家，你都不肯跑步去开锁。现在，你倒是越来越勤恳，修上车，又修上鞋，居然还换起了锅底。咱们国家的环保事业，要是没有你，得少多少光彩。"修车师傅笑着回应说："你不也一直在与时俱进吗？你看，30年前你刚洗脚进城，只要搞个小车斗、一把大扫帚，就可以在环卫所安身立命。后来，你得会用大功率的吸尘器，把冬青树篱里的落叶全部吸出来。再后来，你得学开那种边吸尘边喷水的自动清洁车。如今，扫大街也必须先把垃圾分类搞清楚，才能上岗吧。"

话还没有说完，老鞋匠带着大茶瓶子，晃晃悠悠地来了！修车师傅主动打招呼说："不好意思啊，抢了你的生意。你还没有吃午饭吧，我那保温瓶里有饺子，你弟妹包的，先吃了再蹲守生意吧。"

修车师傅的修鞋功夫果然到家，我穿了缝牢的鞋，感觉他的手艺高超，就陆续把家里的鞋子带去修。修车师傅的脾气并不好，我在等待修鞋的过程中，经常会看到他训斥来修鞋、修车的人。他会抛出一团白棉线，对来修车的人说："快去打盆水，把你的车子擦亮了，我再帮你修。看看你，车子从来不保养，都脏成什么样了。我小时候，一辆二八大杠凤凰自行车，享受的是家人待遇。现在的年轻人，总觉得鞋子是鞋子，车是车。要知道，你这么薄情，物件儿也不会跟你多久。"

那些来修车的人倒也不恼，蹲坐在小马扎上，擦起自己的车子来。也许，让人低头的不仅是修车师傅那张饱经世事的脸，还有什么都难不倒他的扎实手艺。如今来修自行车的人，都骑着数千元的碳钢山地车、竞速自行车，还有可以在半空中拨转车头、脱手斗技的小轮车，对，就是在奥运会上可以争金夺银的小轮车。修车师傅修好了他们的特技小轮车，小伙子们还会在附近的高坡和台阶上来一段表演。修车师傅也津津有味地欣赏起来，还拿起手机追拍视频。

修车师傅在这里摆摊30年了，这个日新月异的世界仿佛是他的对手，一直在领跑，绝不肯让他待在舒适圈里。一开始，他只会开锁配钥匙，后来，城市居民家里纷纷换上了指纹锁和密码锁，配钥匙的活就少了，这迫使他开始学起修车。刚上手时他只会修自行车，后来出现各种共享单车，需要修理的普通自行车少了，这又迫使他去学习修理各种竞技自行车、电动车和摩托车。他那结结实实的肱二头肌就是这样练出来的。我看到，他做了一个四轮小躺板，将摩托车用千斤顶顶起后，可以仰面躺在小躺板上，脚跟点地，出溜到摩托车底下，仰头查找问题。我看到，这些年瞬息万变的社会潮流，如对手一样提拎着他，逼他进步，最终让他支棱起所有的精气神。

城市的版图越来越大，有些人上班连骑电动车也吃力了，只能改坐地铁。他终于开始学修鞋了。从前，修鞋子也简单，无非是鞋子开胶了，要上点胶，用力捏拢；或者，鞋跟磨歪了，钉个鞋跟。如今修鞋子的活计可复杂了，光是鞋跟就有木质的、水晶的、金属的、牛筋的，修法都不一样。而鞋面也五花八门，除了各种皮革，也出现了丝绒、织锦、牛仔布、粗花呢的鞋面，有的鞋面上绣满了各种各样的水晶钉珠与丝缎花纹，被姑娘不小心剐坏了一小块儿，就得找织补匠。修车师傅立刻坐上小马扎，手绘地图，让急着修鞋的人去某银行24小时自助点门口，找那个长年蹲守的织补大嫂。

修车师傅说："她在咱们这座城市的活儿数第一，手头光是攒的丝线就有上百种，放心吧，她肯定能把你这鞋修好。"我笑着插言："哪天您也学会织补手艺，就像脱口秀演员既会唱跳，又会弹吉他，还会演小品和说相声一样，您就能把这一带的活儿全包下来。"师傅大笑着回应说："没了对手，这日子多没意思啊。这就好比令狐冲不见了东方不败，乔峰不见了游坦之，张无忌不见了玄冥二老，那还有啥意思？"

修车师傅有这个胸襟，我完全相信。我亲眼见这修车师傅的工具柜里，放着一摞金庸的书，这些书都被翻得起了毛边儿。因此，武侠的江湖是一个什么样的互为掣肘又互为激励的形态，手艺的江湖又该是一个怎样的百花齐放、各美其美的状态，他心里可明白得很呢。我自从认识他，亲眼看到他把自己忙不过来的生意，让给旁边的老修鞋匠，也经常听到他的修车铺在黄昏时分播放贝多芬的音乐。他买了两个便宜的音响，放在修车铺的左右，有时放的是《英雄交响曲》，有时是《田园交响曲》，有时又是《月光奏鸣曲》。在我眼里，他就是一位在繁华市井中过着田园生活的平凡英雄，无论生活如何波澜起伏，他都不怵，有一种兵来将挡、水来土掩的英雄气概。他从未被这世界层出不穷的变化击倒，反而越挫越勇，十八般手艺傍身。

每当我被生活中的变化逼到墙角，每当我气馁之时，他那双被皱纹包围的明亮眼睛就跳出来注视我，给我无尽的勉励。

（摘自《读者》2021年第23期）

# 无悔今生不自愁

陆正明

在北京中关村的一处教授公寓里，89岁的厉以宁和夫人何玉春过着平淡的日子。客厅是十几年前装修的，家具也有些陈旧，唯有一对略新的沙发，是学生送的。穿着有些发皱的本白色棉麻衫，坐在沙发上，回忆几十年间为中国经济体制改革疾呼呐喊，厉以宁说得风轻云淡，仿佛是一名经济学家根据自己的学术观点做出的学理推演。

"股份制是解决就业问题的重要途径""经济改革的成功并不取决于价格改革，而取决于所有制的改革""减员增效从宏观来说，是根本错误的""政府的首要经济目标是增加就业机会""一定要推行社会保障制度的改革，让更多的人享受到改革开放成果""中国需要大量的民营企业""道德是仅次于市场调节和政府调节的第三种力量"……近40年来，厉以宁的声音总是伴随着改革开放的节拍传入人们耳中。

2018年12月18日，党中央、国务院授予他"改革先锋"称号，并颁授他"改革先锋"奖章，称他为"经济体制改革的积极倡导者"。

在获得这项荣誉时，厉以宁说："作为读书人，总有些正心、齐家、改善人民生活的想法，这是我坚持至今的动力。"

## 文学少年的第一志愿

1930年出生的厉以宁是家中长子，籍贯是长江下游的仪征，生于南京。"以"是厉家的排行，"宁"是为了纪念出生之地。4岁时，他随经商的父亲迁居上海，6岁入上海中西女中第二附小，毕业后考入上海市南洋模范中学。不久，太平洋战争爆发，侵华日军占领上海，1943年，全家为躲避战火，逃至湘西沅陵，进入因战争迁到此处的长沙雅礼中学。

从小学到中学，厉以宁一直爱好文学。初中时，他以"山外山"的笔名写小说，在学校的壁报上连载。沅陵距沈从文的故乡凤凰很近，是一处"美得让人心痛的地方"。在这里读书的少年厉以宁，常常黄昏时漫步沅江之畔，夜读沈从文的小说，忧思山河破碎，感叹人生流离。

抗战胜利后，厉以宁回到南京，转入金陵大学附中读高二。金陵大学附中素以数理化教学见长，在这里，厉以宁遇到几位出色的理科老师，他们让他担任学习委员兼化学课代表，还带学生们参观化工厂。厉以宁说："这次参观给我留下很深的印象，我第一次知道了化肥对农业的重要性，于是我决定学化学，走'工业救国'的道路。"

1948年底，厉以宁高中毕业，被保送到金陵大学，并将化学工程作为第一选择。随着国民党政府垮台，金陵大学暂时停止教学，厉以宁抱着投身共和国建设事业的热情，回到曾经生活过的湖南沅陵，在刚组建的教育用品消费合作社当了会计。

工作了两年，他觉得若想更好地为国家建设服务，必须学习更多知识，于是决定参加1951年的高考，并托已在北京大学历史系念书的好友赵辉杰代他报名。赵辉杰认为，厉以宁虽然想学化工，但文学功底深厚，知识面广，又当过会计，学经济学更合适，便为其做主将北京大学经济系填报为第一志愿。"我愈来愈觉得赵辉杰代我填报的第一志愿是最佳选择。"厉以宁回忆道。

当年7月，厉以宁在长沙参加北京大学的入学考试，8月收到录取通知书，从此与北大结缘近70载。

### 老师喜爱的学生，学生欢迎的老师

厉以宁入学时，北京大学还在沙滩红楼。经济系的二、三、四年级学生都到广西参加"土改"，只有新生留在校园学习。第二年，传来了院系调整的消息。北大经济系大部分并入新成立的中央财经学院，政治经济学是唯一留在北大的经济学专业。厉以宁的兴趣恰是政治经济学，但不知为什么，当时有人提出他不适合学这门学科。代理系主任陈振汉教授和负责这门课教学的张友仁老师讲了好话，他才得以留在北大。

厉以宁说："陈振汉先生讲的是中国经济史，不知什么原因，他在听课的学生中注意到了我，要我有空到他家里去坐坐。也许是因为我课间课后喜欢提问吧！"厉以宁"有空去坐坐"的还有赵迺抟先生的家。赵先生曾担任北大经济系主任，他看到厉以宁常去法学院的图书室借书，便对厉以宁说："我家里书很多，有些书是这里没有的。"赵先生又推荐厉以宁结识了专攻西方经济史的周炳琳先生。周炳琳曾言："如果没有经济史基础，经济理论是学不好的；如果没有对西方经济史的研究，工业化会走弯路。"厉以宁说："这两句话影响了我一辈子的研究和学习。"

厉以宁至今还怀念着大学时光。他回忆，刚入校时学生宿舍一个房间住20多人，同学们吃完饭都抢着去图书馆。学生组织了很多研究小组，他是国民经济计划课代表兼研究小组组长，在罗志如教授的指导下开展活动。罗先生曾把20世纪30年代英文刊物上西方学者关于市场经济和计划经济的辩论读给他听。厉以宁后来说："正是罗老师使我模模糊糊感觉到，在苏联式的计划经济和西方市场经济之间，还可能存在第三条道路。"

1955年，厉以宁毕业留校，在经济系资料室工作。当时的资料室除了向老师提供借阅书刊，还要搜集、整理、编译国内外的新资料。这份工作使厉以宁有机会接触大量西方经济学著作和几十种国外经济学期刊。20世纪50年代末60年代初，他翻译了200多万字的经济史著作，还为北大经济系内部刊物《国外经济学动态》提供了数十万字的稿件。

1977年，厉以宁结束20余年资料室青灯黄卷式的生活，正式登上讲台，很快成为大受学生欢迎的教师。几年间，他从《资本论》、经济史、经济思想史讲到统计学、会计学，前后讲过的课多达20余门。

他讲课不念讲义，只在几张卡片上列出提纲，或坐或走，将艰深的内容娓娓道来。有学生说，听厉老师讲课，如同和一位长者在冬日里拥炉谈心。他的课经济学系的学生要听，其他专业的学生也常常来"蹭"，有时连走廊上也挤满了人。这种授课生涯一直持续到2016年。

## 人称"厉股份"，自称"厉非均衡"

20世纪80年代初，大批上山下乡的知青返城，急需工作岗位，就业成为社会的突出问题。1980年夏，全国劳动就业会议召开。厉以宁在这次会议上提出，可以用民间集资的方法，组建股份制企业，不用国家投入一分钱，就能为解决就业问题开辟新路。这是他第一次正式提出关于股份制的建议，引发了理论界、学术界的激烈争论。他的意见没有被采纳。

1986年，中国的改革由农村向城市延伸，面临的问题更为复杂，价格"双轨制"的负面影响日趋显现。中央有关部门委托9家单位对改革方案进行专项研究。当时，世界银行向中国提出的建议是仿照第二次世界大战后联邦德国的做法，全面放开价格，也就是采用"休克疗法"。北京大学却提出另一种构想：走产权改革的道路。1986年4月26日，厉以宁在北京大学纪念"五四"学术讨论会上，面对上千名听众，首次提出了所有制改革。他登上讲台直击主题："我今天准备讲19个问题。第一个问题，中国改革的失败，有可能是价格改革的失败，但中国改革的成功，必须是所有制改革的成功。"当年9月，厉以宁在《人民日报》上发表了《我国所有制改革的设想》一文，再次为国有企业股份制改革大声疾呼。此后，他在各种场合多次宣讲这一主张，有海外中文报纸给他起了"厉股份"的外号。

数十年后，厉以宁在谈到这个外号时说："大家叫我'厉股份'，但20世纪80年代初倡导、主张股份制的学者还有冯兰瑞、赵履宽、胡志仁，后来有于光远、童大林、蒋一苇、王珏、董辅礽。有人称我是'股份制的首创者'，这不符合事实。如果要有外号，我认为应该是'厉非均衡'。"

20世纪80年代末，他根据中国经济现状，提出了"两类不均衡"的观点。他认为，按照市场主体是否能够自主经营、自负盈亏，"不均衡"分为两类。第一类是企业能够自主经营、不受干预情况下的"非均衡"。在传统和"双轨制"下的计划经济体制里，企业难以摆脱行政的干预，是第二类"不均衡"。唯有培育出充分自主、充满活力的市场主体，才能转化第一类"非均衡"。这是他坚持经济改革必须从产权改革入手的学理依据。他说："价格好比交通信号系统，这个系统再好，对一个盲人来讲，是没有意义的。只有建立了现代企业制度，它才可能遵守信号、产生互动。"

1990年，他的专著《非均衡的中国经济》问世，此后几十年多次再版，被称为"影响中国经济体制改革最重要的10本书之一"。

从1988年到2003年，厉以宁当了15年的全国人大常委会委员，并先后任全国人大常委会法律委员会、财经委员会副主任。"股份制是现代企业的一种资本组织形式"，1997年9月，党的十五大报告明确了中国经济体制改革的方向；1998年12月，在九届全国人大常委会第六次会议上，由厉以宁担任起草组组长、历经6年酝酿的《中华人民共和国证券法》以135票赞成高票通过。一年后，《证券投资基金法》起草小组成立，厉以宁任组长。2003年10月，该法在十届全国人大常委会第五次会议上高票通过。

回首这段历程，厉以宁说，从20世纪80年代中期到90年代初，中国的股份制改革经历了试点、暂停、重启，主张股份制的学者一度面临被否定、被批判，直到邓小平发表南方谈话，才有了变化。

从2003年起，厉以宁又当了三届全国政协常委，并任经济委员会副主任。2003年10月，全国政协经济委员会以促进非公有制经济发展为主题组织调研组，由厉以宁任组长，赴广东、辽宁等地调研。2004年，17页的《关于促进非公有制经济发展的建议》连同厉以宁一封言辞恳切的信，一同被送到国务院。2005年，国务院《关于鼓励支持和引导个体私营等非公有制经济发展的若干意见》问世，即著名的"非公经济36条"。厉以宁又成了"厉民营"。

厉以宁著述丰而涉及领域广。有学生说，厉老师出版的独著、合著、译著、主编、合编著作已近200部，覆盖西方经济史、经济学史、宏观经济、转型发展理论、经济伦理、社会信用体系等诸多领域，对中国林权制度改革、扶贫路径探讨等有极强现实性、实践性的课题也多有涉及。

## 不求浮华求警句，沉沙无意却成洲

2000年11月22日，厉以宁70岁生日，在他创立的北京大学光华管理学院101教室，举行了一场特殊的学术活动。上半场，厉以宁做学术报告，谈的不是经济，而是"唐宋诗词欣赏"；下半场，是"厉以宁诗词研讨会"。晚上，意犹未尽的师生开了一场"厉以宁诗词朗诵会"。

厉以宁的诗词功底得益于小学和中学时代的国文老师。诗词格律是老师教的，诗韵词韵是他自己下功夫记熟的。他对学生说，诗词对一个人的修养有潜移默化的作用，自己经历过坎坷，但是意志从未消沉，应该归功于诗词的滋养。自1947年在故乡仪征写下第一首诗起，厉以宁70多年来作诗填词1400余首。他写的是中国古典诗词，诗循格律，词遵词牌，"不求浮华，但求警句"。

1951年由沅陵赴长沙参加高考途中，他填了一首《钗头凤》："林间绕，泥泞道，深山雨后斜阳照。溪流满，竹桥短，岭横雾隔，岁寒春晚，返？返？返？青青草，樱桃小，渐行渐觉风光好。云烟散，峰回转，菜花十里，一川平坦，赶！赶！赶！"21岁的赶考学子仿佛预知前路崎岖，但若能"赶！赶！赶！"，终将"菜花十里，一川平坦"。

大学毕业后，厉以宁曾20余年无缘讲台，20世纪60年代后期，三次被抄家，一度被囚于北大"监改大院"。忧心国家命运，感叹家庭遭际，在江西鲤鱼洲干校，厉以宁写下了"家事试忘怀，国愁心底来"等诗句。

1976年1月，周恩来总理逝世，厉以宁悲忧交集，作《采桑子》一阕，"声声哀乐催人泪，处处灵堂，处处花墙，一夜京城换素妆。音容虽已天边去，留下忧伤，留下彷徨，预感风来雨更狂"，对周总理的深情怀念，对祖国前途的忧虑，对未来历史转折的期待，跃然纸上。

1978年，改革开放的大门即将开启，厉以宁写下"山景总须横侧看，晚晴也是艳阳天"的诗句。这年，他已48岁，刚刚从资料室走上讲台，学术生涯的"艳阳天"初露曙光。两年后，他第一次提出以"股份制"汇集社会资金兴办企业、解决就业问题的设想，未被采纳且受到质疑，有人说他是"明修国企改革的栈道，暗度私有化的陈仓"。厉以宁写下了后来流传甚广的一首七绝："隋代不循秦汉律，明人不着宋人装。陈规当变终须变，留与儿孙评短长。"这首诗成为一代改革者心路历程的写照。1981年，他又写下诗句"登小阁，望前川，缓流总比急流宽。从来黄老无为治，疏导顺情国自安"，以格律诗的语言，表达了渐进改革、减少干预、以"看不见的手"调节经济的主张，也成为他此后数十年学术研究的基调。

## 记者手记

厉以宁每天早晨6点起床，坚持写一小时文章，7点做两个人的早饭，然后又是看书、写作，直到11点，开始做午饭。

厉以宁做饭的本事是在鲤鱼洲干校学会的。回到北京后，如果不是做饭，他能一直坐在书桌前思考和写作，一点活动都没有，让他做饭，是夫人何玉春让他有机会歇歇脑子、动动身体的调剂方法。

何玉春是电气高级工程师。厉以宁的文章总是先给她看，何玉春满意了，厉以宁才放心，这样，一般读者读起来也不会觉得太难。

从1957年二人重逢、为何玉春写第一首词起，厉以宁写下的情诗多多，从青春年少写到满头白发，从新婚宴尔写到儿孙满堂。2008年，他们金婚，厉以宁以"凄风苦雨从容过，无悔今生不自愁"的诗句总结50年婚姻，也可视作作者自况。

（摘自《读者》2019年第22期）

# 笔如蒸饼，诗无菜气

老　猫

陆游《老学庵笔记》里讲到喝粥的好处："平旦粥后就枕，粥在腹中，暖而宜睡，天下第一乐也。"接着又引用李端叔的诗句："粥后复就枕，梦中还在家。"这就把食物和思乡联系在一起了。这说明胃是有记忆力的，胃舒服了，便会想起好多事儿来，比如家乡，比如过往的某件事情，或者——人生。

宋真宗时期的官员张齐贤，以吏部尚书的身份，去青州做知府。《茶香室丛钞》说，他到任没多久，就有人提意见，说他办事效率低。张齐贤想不通了，跟身边人发牢骚："你看，我在朝廷中，宰相的活儿都做过，也没出过什么错，到地方上了，怎么反而招来一堆意见？这真好比，当了三十年御厨总监，老了老了，连碗粥都煮不像样儿了。"

政绩好坏不说，张齐贤这比方打得很有意思。

说到吃，就不得不想起苏东坡。苏东坡可喜欢吃了，他弟弟苏辙恐怕也一样。苏辙经常做梦都在吃——有一年过春节，他梦见朋友来家里吃饭，还写了一首诗："先生惠然肯见客，旋买鸡豚旋烹炙。人间饮食未须嫌，归去蓬壶却无吃。"

从这梦中饭局，还悟出哲理来了，颇有点及时行乐的味道。苏辙把这梦跟哥哥一说，苏东坡立刻给记了下来，还送给了儿子苏过。这都是怎么教育孩子的啊！

还有拿吃喝明志的。《东轩笔录》记载，宋真宗年间，青州人王曾中了状元。当时有一个翰林学士跟他开玩笑，说："哎呀，你考了三次试，中了状元，一生就吃喝不愁了。"没想到王曾回了一句："本人平生的志向，就不在温饱。"得，嬉皮的碰见严肃的，生生把话茬儿给撅回去了。

有拿饮食说事儿的，自然也有拿饮食说人的。比如元好问就有一首诗这么写："牙牙娇语总堪夸，学念新诗似小茶。"怕别人看不懂，还在下面写了注解：唐人以茶为小女美称。合着古代不叫小萝莉，叫小茶。这一来，倒叫很多人想不明白了，小女孩和茶有什么关联吗？后来清朝人俞樾终于找到了出处。他在唐人的书中发现，那时候人们把地位尊贵的女性尊称为"宅家子"，叫得顺了，谐音就成了"茶家子"，再后来变成"阿茶子"，最后干脆就把女孩儿叫"阿茶"了。那么小女孩儿，自然就是"小茶"了。

在古代，人们还喜欢用吃的东西来形容艺术品，例如书法、诗歌。《东轩笔录》就讲，唐朝书法，不同时期有不同的风尚——一阵儿流行瘦字，讲究刚劲有力；一阵儿又流行胖字，讲究温润从容。要搁现在人来看，无论瘦字胖字，都是好字，各有所长。但宋朝前后的人可不这么认为。有喜欢胖字的，比如李后主，他就讨厌颜真卿的刚劲风格，说老颜的字

"有楷法而无佳处，正如叉手并脚田舍汉耳"。欧阳修则相反，不喜欢胖字。他用食物来形容胖字："字写得太肥，就像厚皮馒头，味道一定不好。"那时候馒头指的是包子，厚皮包子，第一口咬不到馅儿，第二口馅儿没了，确实不好吃。

欧阳修也有拿馒头（包子）夸人的时候。当时有一个和尚叫大觉怀琏，诗写得不错，欧阳修很喜欢。有一次王安石拿怀琏的诗给欧阳修看，欧阳修说了一句："此人诗是肝脏馒头。"王安石不明白，问啥意思。欧阳修说："其中没一点菜气啊。"

也许是受了欧阳修的启发，后来苏东坡夸和尚诗写得好，也说："语带烟霞从古少，气含蔬笋到公无。"他还解释过，这句话的意思就是，诗文没有"酸馅气"。唐以后僧人的诗文，内容大多清苦，写得多了，大家也看烦了，最后干脆说这就是"蔬笋气""蔬茹气"，反正不是好词儿。

到了米芾，这位狂放的书法家经常评价前人的书法。他说葛洪写的"天台之观"四个字，"飞白为大字之冠，古今第一"，说欧阳询写的"道林之寺"是"寒俭无精神"。到评价杜甫的字，精彩的来了："本该勾勒的笔画，他倒收笔锋了。笔笔写得跟蒸饼似的。"蒸饼就是现在说的馒头，意思就是字写得没棱角、不"给力"。

古人看到人、看到物事，都会拿饮食做比喻，这样显得生动些。这样的比喻现在也能用，看了王家卫的电影，是不是也会觉得满篇"蔬笋气"呢？

（摘自《读者》2020年第6期）

# 生命依然值得

毕啸南

有一晚录制节目到深夜，第二天早晨又要赶很早的航班，我便预约了一辆专车，希望能在车上睡一会儿。

由于困意太强，夜色尚浓，上车的时候我的眼皮止不住地打架，只是隐约看见一位身着白色衬衣的专车小哥很有礼貌地帮我开了车门，又帮我把行李箱放置好。我道了声"谢谢"，便一头倒在后座上眯起眼睛，准备小睡一会儿。小哥扭过头来问我："您是去出差吗？去哪里？"我很小声地敷衍："去四川，做一场演讲。""哇，那您是名人，好羡慕，您去我家乡演讲过吗？您要是去了，我一定去听。"他声音清亮，在黎明前的黑暗中让人格外清醒。

但我实在太困了，思维已陷入混沌，便没有再回答他，而是闭着眼睛养神入睡。我没有回应，他却依旧自顾自地和我说起话来："我老家在安徽宣城，您知道吧？那里是宣纸的发源地。""我不是很喜欢北京，空气太干燥了，还是我们那里环境好，我想早点回南方去。""再待6个月，我应该就可以走了，希望一切顺利啊。""唉，我也没什么文化，找不到什么好工作，只能晚上出来开专车，很羡慕您。"凭着职业敏感，我意识到他一定是一个有故事的人，而且正处在某种命运的转折处。他想倾诉。

我不忍心打断他，心里想着，反正睡不着了，索性和他好好聊聊吧。我问他："是家里出什么事情了，还是有亲人在北京住院？"

他有些意外，满脸疑惑地回头又看了我一眼，但瞬间便恢复了轻松的语态："您是怎么知道的？是啊，我女儿，今年3岁了。2017年3月，她才1岁多的时候被确诊患有视网膜母细胞瘤，到现在一共做了11次手术。"

我的心瞬间被撕扯得生疼。其实早已听过很多类似的人生悲凉事，为了争取更好的医疗条件，许多外乡人奔赴北京，只为了能给亲人多带来一丝丝的希望。但这样一个小小的生命，还未曾感受过世界的五彩斑斓，没有沐浴过生活的和风暖日，却已经遭受了如此多的磨难和痛苦，任谁听了心中都难以安宁。

我不知该如何再问下一个问题。似乎不问，悲苦的事便未曾发生。

他却仍滔滔不绝，竟显得我的悲伤有些轻浮。

他一路给我科普什么是眼癌，讲述他们夫妻二人带着女儿的就医之路；埋怨老家医院有的医生不靠谱，耽误了女儿的病情，也感激遇到了好的医生，主动帮他介绍专家；告诉我，在中国，这个领域最好的医生都有谁，他自己现在也是半个专家。拉拉杂杂，也没有什么逻辑，一股脑儿说了许多。说到一些关键处，他言语间竟流露出了些许骄傲，仿佛在向这个苦难的世界宣告着自己的顽强与坚忍，向想要打垮他曾经幸福家庭的疾病和无望宣告着乐观与不屈，向他的小女儿宣告他作为父亲的付出和守护她的决心。

我只是默默地听着。40多分钟的车程，时间突然变得极为珍贵。每一分每一秒，我都舍不得打扰，生怕哪句话冒犯到他。

也许我能做的，就是陪着他——这位与我年纪相仿，却已背负了生活重担的年轻父亲，听他的倾诉。

临下车的时候，我说："特别对不起，但我还是想问一个很残忍的问题……如果按照医生所说，你女儿的病几乎是没有希望痊愈的。你这样坚持，什么时候是个尽头呢？"

他沉默了几秒，语气变得沉缓："我和我老婆商量过了，只要我们还有一口气在，我们就一定会救女儿，无论将来会走到哪一步。"

生活里那些无言的时刻，往往藏匿着人生的真相。

此刻我静默以对，感慨他们为人父母的伟大，也叩问自己一生中可以为了谁付出所有，付出这样看不到尽头的爱，为了我的父母，还是我还未谋面的孩子？为了心爱之人吗？世人皆仰慕那深沉的爱，但大多人期冀的只是被爱，而不是去爱；只是得到，而非付出。

而这个男人，他的这份执着、担当与人性之光又是从何而来的呢？满怀疑虑，我好奇地问起他的父母："给你女儿治病的过程中，你爸妈是什么意见？"

猝不及防，这位一路神色轻松、说说笑笑的小伙子竟突然失声痛哭起来。"我不是一个合格的儿子，我对不起我爸妈，我不孝啊！本来我们家过得挺好的，要不是因为我，他们到这个年纪应该安享晚年了。现在我把房子卖了，车也卖了，我女儿治病欠了那么多外债，我爸虽然嘴上从来不和我多说，但其实都是他在偷偷地替我偿还。上次家里真的再也拿不出钱了，他说你都已经尽力了，这样下去也不是个办法，他想让我放弃。

我和我爸大吵了一架，我不能放弃啊！其实我知道，我爸妈是心疼我，不想让我一辈子活得那么苦，也不忍心让孙女承受这么多的病痛。我很愧疚，很自责，我对不起我爸妈。我也不是一个称职的丈夫，结婚前给我老婆的承诺，到现在一样也没有兑现。我也对不起我女儿。我不知道是不是我上辈子做错了什么，才让我女儿这么小的年纪跟着我受这么大的罪。"

车停靠在路边，他后倚在座位上，一直不停地用手擦眼泪，那一刻，这个坚强的父亲只是一个受尽了委屈的孩子。

"从小到大，我都和我妈比较亲，有什么好吃的、好玩的，我妈一定会留给我，妹妹老说妈妈重男轻女。现在为了我，平时很爱美的妈妈一年到头连件新衣服都舍不得添置，穿的都是打补丁的衣服。60岁的人了，每天凌晨4点还要去村里的板子厂打工，辛辛苦苦一天，赚不了100块钱，回来还得去做农活儿。

"我爸很疼我妹，对我就特别严厉。我那时候特别不理解我爸，很怕他，其实到现在，我还是有些惧怕他的。如今想想，有哪个孩子不是爸妈的心头肉啊，他就是望子成龙，现在真后悔没有听他的话，好好读书。后来长大了，有点儿本事了，我经常和我爸吵架，总是跟他唱反调，说过很多让他伤心的话。这次来北京，我实在是没钱了，没办法，只能又跟爸妈张口，我妈说家里实在是一分钱也没有了。第二天一大早我醒来，却看到我爸给我转了9000块钱，我知道他肯定是连夜挨家挨户地替我借了钱。他是那么好面子的一个人，我都不能想象那个画面，一想就像被针扎了一样，又痛又心酸。去年过年回家，我看到我爸的头发竟然全白了，他还不到60岁啊，真的是一夜白头。他为我操碎了心。我现在真的想和爸爸妈妈说一句：'你们辛苦了，儿子不孝，我爱你们。'"

我伸出手，轻轻地拍着他的肩膀，车里寂静无声。

　　"对爸妈的感谢也不要闷在心里，多向爸妈表达爱，他们需要。这也是一种孝。"过了一小会儿，我认真地和他说。

　　他没有回头，声音一直哽咽着说："我知道了，我会努力的，真的谢谢你。"

　　我望着这个男人的背影，他曾在多少个日日夜夜默默地流下眼泪呢？我做过不少名人领袖的专访，问过他们同一个问题："我们该如何面对苦难的人生？"我没有忍住，也同样问了他："熬不下去的时候，你是怎么过来的？"

　　车已经到了目的地，天际的鱼肚白已经层层渲染，铺亮了整片天幕。他顿了顿，依然没有看我，只是死死地盯着方向盘。"我每天都想死，但我知道我得活着。我女儿能活多久，我就坚持多久。我得把我女儿治好。"

　　机场路边不能停车，后面的车不断鸣笛，手机不停地提醒他接下一单的客人。分秒之间，我下了车，还没有反应过来，车子便驶向远方。我愣在原地，心情久久不能平复。

　　那天清晨，这位平凡的、曾在南方家乡开货车的32岁的专车小哥，带给我巨大的震撼。

　　我心里一直惦记着这件事，可惜当时没来得及留下他的联系方式。朋友指点我，专车的服务平台有一个投诉与建议的功能，通过这个也许可以联系到他。果然，最终我打通了电话。

　　我说明了缘由，希望能帮助他。但谨慎起见，还是希望他能提供孩子的一些就医资料和证明。他有些意外，在电话那头反复表达感谢。我们互加微信好友后，他马上发来了很多资料和照片。照片里，孩子的眼睛被纱布裹得一层一层的，妈妈拥她在怀里，她嘴巴咧着，灿烂的笑容溢满了镜头。

我把这个真实的故事写了下来，发布在微信朋友圈。许多朋友表达了关心、鼓励，也给予了帮助。

这是一场爱与善意的接力。电影《布达佩斯大饭店》里，在逃亡的火车上，古斯塔夫对 Zero（零）说："即使世界混乱疯狂如屠宰场，还是有文明的微光出现，那便是人性。"真心祈祷这个小姑娘能够早日恢复健康，快乐成长。有一天，她能看到，是她的父母、她的亲人，还有那些关爱她的陌生人，让她黑暗之中也能看见光明。

3年来，每次往返北京，我都会请健和——这位年轻、勇敢的父亲来接我，一路车程，是我们两个男人之间独特的生命对白时刻。他分享所有，我触摸一切。

就在我写这篇文章前不久，健和给我打了一通电话，平日里他很少主动和我联系，这是男人特有的规矩与分寸，他怕打扰我的生活。我接通电话，那边他已哭得喘不过气来。我安静地听着他哭了一会儿，等他的哭声渐渐微弱，我问他："怎么了，发生什么事了？"他说："医生让我签字，是否同意给女儿进行手术。手术不做，孩子可能撑不过半年；但做了，她的另一只眼睛也可能保不住。"两难之间。

健和呜咽着说："不签，我就是杀我女儿的凶手；签了，我就是让她一辈子看不见的罪人。你说，我到底该怎么办？"

手术最终很成功。虽然此后的漫漫人生，这个5岁的小女孩儿每隔半年都需要去医院做一次复检；虽然他们一家人仍然需要继续战斗，保住孩子的另一只眼睛，但是，这个年轻的父亲，与他的父母、妻子一起，卖房卖车，砸锅卖铁，硬生生用了3年的时间，把他的女儿从死亡边缘抢救了回来。

我为这个同龄人的勇气与坚忍所震动。3年来，与其说是我在帮助他，不如说在我生命的每一个灰色瞬间，他都在激励、鼓舞着我。

我曾问健和："后悔当初的选择吗？"

他回答："我觉得父母为孩子做的事，从来都不后悔。"

我多么想对这个不幸又幸运的小女孩儿说："丫头，你接下来的人生路不好走，但相信你的爸爸妈妈因你而生长的坚忍、勇敢与爱，也能如沙漠里的生石花，牢牢生长在你身上。即使命运残败，生命依然值得。这是你的爸爸妈妈送给你最好的礼物。"

（摘自《读者》2021年第23期）

# 老王的包子铺

华明玥

一到肥大脆嫩的春笋上市时，同事小纪就不在家吃早饭了，他放弃坐地铁直达单位的习惯，先坐一辆穿街走巷的迷你公交，到老王那里吃包子，喝一碗豆浆，再沿着河畔的栈道走七八分钟，享受一下吹面不寒杨柳风，再回到地铁线路上来。

让他改变行程的，不仅有河岸上鼓出叶芽的柳丝，还有老王只做这20多天的应季包子：春笋腊肉包子、霉干菜肉丁包子、马齿苋香肠包子。

两三块钱的早餐包子，能有多大的吸引力？小纪说了一件事：包子铺的老王有一回路过市民广场，看到那边有人玩大石锁，玩家3月份就穿着短袖小褂，露着肱二头肌，看他们把几十斤重的大石锁抢得生风，老王也心痒，想上去试试，刚惴惴地开口，人家就用"你真不知天高地厚"的神情睨视他，默默让出一个够大的圈子来，生怕老王脱手砸中他们。但老王一上手他们就愣住了——中号的大石锁他能玩得溜。这穿夹袄的小老汉是何方神圣？

老王笑着说："我的这把力气，是剁了15年包子馅练出来的。"

老王的包子，哪怕是最便宜的两块钱一个的青菜香菇包子，包子馅都是手剁的。为什么不用绞馅机？老王说："机器省力归省力，但机器一绞，蔬菜的汁水都出来了，包子馅等于菜渣，塞牙不说，还留不住油脂和香气，少了那种清鲜松软、绵柔甜润的味道。手剁的馅，蔬菜的汁水有一半含在里面，包子上笼一蒸，里面汁水清新。"

老王一年到头做青菜包子、老豆腐包子、萝卜丝包子。他那个面积只有4平方米大的包子铺，黄金时期是在春天。这个季节，万物如吹了哨子一样竞相生长，春笋肥了，马齿苋蹿出了肉嘟嘟的叶子，太阳加大了它的热力，老王的妻子撑出的竹竿上，霉干菜一把把地挂着，被晒出了暗红的色泽；腊肉和香肠早已风干，散发出诱人的香味，一切都恰到好处。

老王的喜悦体现在他的剁馅声中，春笋要在沸水中煮去涩味，粗切细剁，剁起来如万马奔腾，轰轰隆隆；马齿苋在沸水中烫一下，剁前要细切，然后粗剁一下，尽量含住汁水；霉干菜是剁不动的，完全靠手劲细切，饶是老王这样的熟手，切完一天要用的霉干菜和腊肉，手腕也酸软。老王手头有一本《水浒传》，是说书人整理的本子，已被他翻到起了毛边，他笑说，自从切过霉干菜，就晓得镇关西何以忍不住怒气——鲁智深命他将10斤精瘦肉、10斤肥肉细切做臊子，又加10斤软骨，直把他的横劲儿挫去十分，这等"消遣"，谁受得住？

老王这人很轴，包好的包子非要24个褶子，少一个也不行；包子馅还得丰满，透过包子皮，能看出春笋腊肉包子是嫩黄中夹杂暗红色，马齿苋香肠包子是暗绿中夹杂红白色。他还有一样轴性子——早上最后一屉包子，说什么也不卖给路人，得留着，他留着等谁呢？

九点半光景，他要等的人摇摇摆摆地来了，3月艳阳天，还戴着帽子，穿着灰棉裤，都是须眉皆白的老人，他们三两相约，说要出老年公寓透透气，看看街景，都八九十岁了，护理人员最多允许他们溜达500米。他们就来老王的包子铺轮流做东请客。老王收的钱，青菜香菇包子1元一个，马齿苋香肠包子2元一个，还是10年前的价钱。

老王还会拿出家里的茶给他们泡上一壶，陪着他们说说话。问他为什么这样做，老王只是简单地说："谁没有老的时候，老了，就没人愿意问你想要什么，和谁在一起，吃的啥饭了，这多可怕。这些老年人，以前有地位、有学问也好，没地位、没学问也罢，如今谁羡慕谁？能走出这500米去，能硬硬朗朗地吃下两个包子，能有说得上话的朋友，就是福气。干吗不让他们的福气长一点呢？"

（摘自《读者》2021年第22期）

# 老 董

葛 亮

　　我想起一个人，那是在很久以前了。那时候我还在南京上小学。

　　我是那种孩子，有几分小聪明，但是天生缺乏纪律感。所以，当我获得一张"纪律标兵"的奖状时，几乎是以雀跃的步伐跑回家去的。然而，快到家时，同行的同学说："毛果，你的书包怎么黑掉了。"我这才发现，包里装的墨汁洒了，那张奖状和一本书，被墨汁污了大半。这真是太让人沮丧了。因为这张奖状，和我来之不易的荣誉有关。

　　母亲安慰说："不就是一张奖状，我儿子这么聪明，往后机会还多着呢。"父亲笑笑说："这可是关于纪律的奖状，怕是空前绝后了。能不能请老师重新发一张？"我终于愤怒了，说："你们懂不懂，这叫荣誉。荣誉怎么能再做一张呢！"

　　我的父母，似乎被一个孩子离奇的荣誉感震慑住了，久久没有说话。

忽然，父亲说："也不是没有办法。你们记不记得，西桥那边，有个修鞋的老董。他肯定有办法。"

我和父亲来到西桥，看到了那个叫老董的师傅。

老董正在给一只鞋打掌。他把头埋得很低，全神贯注地用一个小锤子敲鞋掌，一点点地，功夫极其细致。可能是因为视力不好，他戴着厚厚的眼镜，眼镜腿用白色的胶布缠起来。胶布有些脏污了。但你又会觉得，他是个极爱洁净的人。他穿着中山装式样的外套，旧得发白，是勤洗的痕迹。围裙上除了修鞋常用到的鞋油，并没有别的污渍，套袖也是干干净净的。

我们在旁边站着，等老董修完了鞋，父亲稍弯下腰，说："董哥，我是毛羽。"老董慢慢抬起头，眼睛眯着，额上的皱纹跳动了一下，说："哦，毛羽。"父亲捧出那张奖状，说明了来意。老董站起身来，把手在围裙上擦一擦，接过奖状，认真地看，沉吟了一下，对父亲说："给我买个西瓜来。"父亲说："什么？"老董说："半生不熟的西瓜，不要大，三斤上下。"我听着，觉得很奇怪：半熟的瓜，谁会好这一口呢。父亲倒很干脆地回答："好！"

我们买来一个半熟瓜，老董捧起瓜，放在耳边敲敲，眯起眼睛笑了，说："下礼拜五下午，来找我。"

一个星期后，傍晚，父亲对我说："毛毛，走，瞧瞧你董老伯去。"

我们爷儿俩往西桥那边走，走着走着，下起了雨。雨越下越大，像帘幕一样。刚走到西桥，远远地就看见，老董站在路沿儿上，身体佝偻着，花白的头发湿漉漉地搭在前额上。看见我们，他从怀里掏出一个塑料袋，交到父亲手上，说："怕你们来了找不见我。拿好。"说完，便从地上拎起小马扎，摆到修鞋的小车上，慢慢地推着小车走了。

我们回到家。父亲从怀里掏出那个塑料袋，用毛巾擦了擦上面的水珠。他解开封口的葱皮绳，里面是一个卷好的油纸筒，打开一层，里面还有一层。父亲喃喃道："真讲究，和以前一样。"最后铺开的，是我的奖状。奖状干干净净的，那块巴掌大的墨迹，奇迹般地消失了。

母亲惊奇极了。她拿起奖状，迎着灯光，看了又看，说："怎么搞的这是，变魔术一样。"桌上放着母亲为我们父子熬的姜汤。父亲说："桢儿，找个保温桶，把姜汤给我打一桶。"母亲张了张口。这时候正是饭点儿，但她并没有说什么，利索地把姜汤打好，又将刚在街口卤味店斩的半只盐水鸭用保鲜盒装上，一并给父亲放在马甲袋里。我知道父亲要去找老董，便要跟着去。父亲摸摸我的头，说："走吧，董老伯为你挽回了荣誉。人要知恩，得当面道谢。"

来到老董住的老房子，门开着，里面闪着昏黄的光。走进去，我们看到一个小女孩，正趴在一张桌子上，手里握着毛笔。父亲问："是董师傅家吗？"小女孩放下笔，说："是，我爸出去了。请等一等。"

我们进了屋，父亲走过去看那个女孩子写字，忽然惊叹道："哎呀，写得真好啊。"女孩说："我爸说不够好。他让我多临柳公权，说我的字还差几分骨气。"

这时候，老董进来了，手里拎着一只菜篮子。见到我们，他好像有一些吃惊。父亲沉浸在刚才的兴奋里，说："董哥，你这闺女字写得很好啊。"老董一愣，淡淡地说："小孩子，瞎写罢了。"

父亲将马甲袋里的保温桶拿出来，说："刚才你淋了雨，我不放心。这是家里熬的姜汤，我爱人又给你带了一盒鸭子。"老董点点头，道："费心了。"他将桌上的笔墨纸砚收拾了，铺上一张塑料布，又拿出一瓶酒，说："吃了再走。饭点留人，规矩。毛羽，咱们上次同桌吃饭，毛教授还在吧。"父亲听到这里，犹豫了一下，说："董哥，咱们喝两盅。"

老董给父亲倒上酒，又看看我，搛了块鸭子放到我碗里，问："叫什么？"父亲应道："大名毛果，小名毛毛。"老董感叹道："眉眼真像他爷爷啊。教授要是看到这小小子长得这么好，不知该有多欢喜。"父亲道："有时也厌得很，主要是没有定力。要像你家闺女，我也不操心了。我也想教他书法，但他一点都坐不住。得一张'纪律标兵'的奖状，自然宝贝得要死。"老董说："要不，让他也来学吧。两个孩子，我也好教些。我这手柳体，当年也是教授指点的，如今传给他的后人，也是应当。欠你家的，还多呢。"父亲一愣，说："董哥，过去的事，就让它过去吧。"

他们俩沉默了一会儿，然后说了许多我不懂的事情。

突然，我看到窗台上悬着一只西瓜，已经干瘪了。瓜上还有一层白毛，是长霉了吧。老董问："毛毛，还认得这只瓜吗？"我想一想，恍然大悟。老董说："来，老伯给你表演个戏法。"

他把桌子收拾了，然后铺开一张纸，将毛笔蘸饱了墨，递给我，说："写个字，越大越浓越好。"我攥起笔，一笔一画，使劲写下我的名字，又粗又黑。老董将那只干瘪的西瓜抱过来。我才看清楚，西瓜皮上并不是长霉了，而是铺了一层霜。老董拿出一个鸡毛掸子，择下一根鸡毛，从中间折断，独留下近根儿细绒一般的羽翎子。他用翎子轻轻地在瓜皮上扫，一边用一只小汤勺接着。那霜慢慢落了半汤勺。老董便将这白霜，一点点均匀地撒在纸上，我的字迹被盖住了。我看见他抬手在瓜上晃了晃，竟捉住瓜蒂提起一个小盖，一边嘴里念道："硼砂三钱砒三钱，硇砂四钱贵金线。"我目不转睛地看着他的手。他对着手上的翎毛吹一下，然后轻轻地在纸上扫。我的眼睛渐渐地睁大了，纸上那又黑又大的"毛果"二字，竟然消失了。

　　我用崇拜的眼神看着老董，学着电视剧《射雕英雄传》中郭靖对洪七公做的手势，说："大侠，请受我一拜。"

　　其实，老董以前不是做修鞋匠的，他年轻时，在琉璃厂的肆雅堂做学徒。以前琉璃厂的书店，数肆雅堂装裱功夫一流，修书也最有名气。我爷爷那时是南京大学图书馆的馆长。一次他到北京出差，逛琉璃厂，正好看见老董埋头修一本明嘉靖年间的《初学记》。那本书的书口，已经磨损得不成样子，边角的地方一碰就掉渣。他就看那年轻人，小心翼翼地用裱纸将边角环衬起来——行话叫"溜书口"，每片纸渣都安放得恰到好处。年轻人修了一个多小时，爷爷就看了一个多小时。爷爷看上了他，把他带回南京，安排在南大图书馆的古藏部，还让古藏部的主任亲自带老董。

　　老董呢，也是真爱书。除了修书，就是看书，没别的爱好。一次爷爷去馆里，大中午的，别人都吃饭去了，就剩老董一个，正埋头看一本书。问他看的什么，他回说："《病榻梦痕录》。"爷爷接过书，问："你修的？"老董点点头。爷爷打开细细看了，又问："修了多久？"老董答："一个月，二修了。原来用了'死衬'，可惜了书。我拆开重新修了。"爷爷说："一个月算快了，补得不错。这书糟朽了，'肉'缺了不少。"老董说："以往在琉璃厂，老师傅们都能补字。我字写得不好，唯有先空着。"爷爷就说："不妨事，我教你。"

　　以后，老董在修书看书外，多了一个事，练习书法。爷爷教他的法子，是临帖——颜柳欧赵，苏黄米蔡。与常人习字不同，爷爷要他琢磨的，是字的间架与笔画——以后补他人的字，便都有迹可循。老董渐渐在馆里有了声名，任了二修组的组长。

　　又过了几年，我们家出事了。爷爷被人写了黑材料，被撤了馆长的职。这他倒无所谓，都是身外物，只要还能教书就行。再后来，渐渐传出消息，说那些检举材料，许多是图书馆的老同事写的，居然也有老董的。老董是被人踩着手，写下那封信的。信里说，毛教授的私藏里，有多少封建遗毒，他清清楚楚。

爷爷因此落下了病，再没好起来。再后来，古藏部被封，老董被赶出了图书馆。

老董是从什么时候开始修鞋的，我一直不知道，但我清晰地记得，在父亲带我去见老董的那个夜晚，回来后，他对母亲讲了老董的故事。而后，两个人陷入漫长的沉默。最后，母亲站起身，深深叹了一口气，对父亲说："你该帮帮他。"

因为这句话，父亲找了老董当年带过的徒弟小龙，对他讲了自己的想法："您如今是古藏部的主任了，馆里也是用人的时候，还是将老董请回去吧。他那一手手艺，是没有犯过错的。"小龙便说："我也不是没动过念头。如今的这些小年轻，缺的是老人儿手把手地带。可是，老董这人你知道，倔得很，给台阶他也未必下。"父亲说："或许可以让他家属配合做做工作。他爱人是什么来历？我上次见到了他女儿，还小得很。"小龙四下望望，说："他没成家，哪有什么家属。那孩子是他捡的。"父亲说："啊，那这么多年，都他一个人带？也真不容易。"

因为小龙出面，南大图书馆给了老董一个临时工的差事，又聘他兼职培训馆里新来的年轻人。老董对父亲说："不愿意去。"父亲摇摇头，说："董哥，我知道你心里挂着以前的事儿。如今我放下了，馆里放下了，你自己还放不下？"老董没再吭声。

他答应了下来，但还是坚持要每天出摊儿，到晚上再开夜班，给图书馆的青年员工做培训，还从馆里领了一些活儿，带到家里做。旁人问他，他说："我没脸跟那些老相识一块儿待着。"

　　这时候，我已经跟着老董学书法，与老董走得近了。我家的藏书，爷爷在世时被毁过一些，失散了一些，但老家陆续又寄来一些，皖南的梅雨天漫长，虫蛀水浸了，品相就不是很好。父亲就都送到老董那里。我呢，喜欢的小人书，《铁臂阿童木》《森林大帝》，翻看久了，也送到董老伯那儿去。老董一视同仁，都给修得好好的。

　　有时，他看着我练书法，不发一言；有时他会俯下身，握住我的手，很慢地，引着我写下刚才临写的笔画，作为演示。这一切，都在安静中进行。唯有一次，我听见他在身后深深叹了一口气，说："毛毛，读书的人，要爱惜书啊。"我回过头，看见他拿着我那本散了架的《森林大帝》，正一页一页地将书页的折角捋平，然后小心地放在那只里面灌满铅的木头书压底下。那郑重的神色，如同对待一本珍贵的古籍。

　　这年秋天，父亲接到了小龙的电话："毛羽，这个老董，差点把我气死。"父亲问他怎么回事。他说："馆里昨天开了一个古籍修复的研讨会，请了业界许多有声望的学者。我好心让老董列席，介绍业务经验。结果，他竟然和那些权威叫起了板。说起来，还是因为省里来了本清雍正国子监刊本的《论语》，很珍贵。可是书皮被烧毁了一多半。那书皮用的是清宫内府蓝绢，给修复带来很大难度。本来想染上一块颜色相近的，用镶拼织补的法子。也不知怎的，那蓝色怎么都调不出来，把我们急得团团转。外省的专家，都主张将书皮整页换掉。没承想老董跟人家轴上了，说什么'不遇良工，宁存故物'，还是修旧如旧那套陈词滥调，弄得几个专家都下不了台。其中一个，当时就站起身要走，说'我倒要看看，到哪里找这么个良工'。老董也站起来，说'好，给我一个月，我把这书皮补上。不然，我就从馆里走人，永远离开修书行'。"

　　父亲找到老董，说："董哥，你能回来不容易，为了一本书，值得吗？"

老董将手中那把修书用了多年的乌黑发亮的竹起子，用一块绒布擦了擦，说："值得。"

后来，父亲托丝绸研究所的朋友，在库房里搜寻，找到了一块绢。这块绢的质地和经纬，都很接近内府绢。但可惜的是，绢是米色的。老董摸一摸，说："毛羽，你帮了我大忙了，剩下的交给我，我把这蓝绢染出来。"父亲说："可这染蓝的工艺已经失传了。"老董笑笑，说："凡蓝五种，皆可为靛。《本草纲目》里写着呢，无非'菘、蓼、马、吴、木'。这造靛的老法子，是师父教的。我总能将它试出来。"

此后很久，没见着老董，听说这蓝染得并不顺利。白天他照旧出摊儿修鞋。馆里的人都觉着奇怪，毕竟一个月也快到了，他就是不愿意停摊儿。

老董到底把那块蓝绢染出来了。据说送去做光谱检测，色温、光泽度与成分配比，和古书的原书皮相似度接近百分之九十。老董成了修书界的英雄，图书馆要给老董转正。老董摇摇头，说："不了，还是原来那样吧，挺好。"他白天还是要出摊儿修鞋，晚上去馆里教课，周末教我写书法。

可是，一个周末，傍晚时我和父亲去老董家，只见门开着，老董坐在黑黢黢的屋子里，也不开灯。父亲说："董哥，没做饭啊？"老董没应声儿，坐在那儿一动不动。父亲又喊了他一声。老董这才抬起脸，定定地看着我们，眼里有些混浊的光。父亲四顾，问："孩子呢？"老董很勉强地笑了一下，说："送走了，给她妈带走了，是她亲妈。她妈当年把她放在我的车上，我寻思着，总有一天她妈会找回来的。她妈要是找来了，我恰巧那天没出摊儿，可怎么办！十二年了，她妈总算找回来了。"父亲一愣，说："你养她这么多年，说送就送走了？"老董沉默了一会儿，说："我去那人家里看了，是个好人家，比我这儿好，那是孩子的亲妈。人啊，谁都有后悔的时候。知道后悔，要回头，还能找见我在这儿，就算帮了她一把。"老董起身，从碗橱里拿出一瓶酒，倒上一杯，一口抿个干净，又倒了一杯，递给父亲，说："我该歇歇了。"

老董没有再出摊儿修鞋。图书馆里的工作，也辞去了。后来，他搬家了。没有人知道他去了哪里。

次年春节前，我收到一只包裹，从北京寄来的。打开来，里头是我的小人书，《森林大帝》。开裂的书脊被补得妥妥当当，书页的折角也平整了。包裹里，还有一把竹起子。竹起子黑得发亮，像包了一层浆。

（摘自《读者》2021年第12期）

# 卖铲子的都活着，挖黄金的死了

冯 仑

　　经常有人讨论：当一门生意特别火，在"风口"上的时候，要不要凑个热闹？我觉得最好不要。你真正要做什么，还是要根据自己的竞争能力、愿景、喜好去做擅长的事，而不应该盲目地跟风。大家挤进同一领域，竞争会变得非常激烈，不仅机会变少，成功的可能性也会大大降低。相反，如果你在热闹的生意或者说风口的周边找机会，没准儿赚钱的机会反而比较多，成功的可能性更大。

　　我来讲几个故事。

　　前些天，我看到公司的一个年轻人喜形于色，我就问他怎么回事儿。他告诉我，比特币的价格再次上涨，他的损失又少了一些。原来，2018年比特币价格疯狂上涨的时候，这个年轻人没经住诱惑，把手头的积蓄都拿出来炒币。然而就在他做着发财梦的时候，比特币的价格开始下跌。

他舍不得割肉，选择持有，结果比特币价格一路下跌，越亏越多。

2019年3月底，我又看到这样一条消息，比特大陆因为无法满足港交所的一些条件，上市计划暂时搁置。比特大陆是做什么的呢？虽然它一直以芯片生产厂商的形象示外，但是在很长一段时间里，超过90%的业务都来自矿机销售。矿机就是专门挖比特币等虚拟货币的设备。

我们也从公开资料中看到了比特大陆的一些经营情况。这是一家非常年轻的企业，成立至今不过五六年的时间，已经发展得颇具规模了。仅仅2018年上半年，比特大陆的营收就达到了28.4亿美元，毛利超过10亿美元，这是一份非常炫目的业绩，绝大部分科技独角兽企业都无法在赚钱能力上与之媲美。

2018年年底比特币大跌之后，很多炒币的人财富暴跌，亏得一塌糊涂，但这些矿机生产厂商，由于在此前的发展中已经积累了技术、财富，因此，在这个过程中，实现了多元化经营，甚至是转型。相比那些惨赔的炒币者，这些生产厂商的回旋余地要大得多。

这就让我想起100多年前美国的淘金热。由于美国西部的艰苦条件，很多人死在了淘金过程中，剩下的许多人由于金矿之间的竞争并没有赚到太多钱。但是当地提供各种生活、生产服务的人，比如卖食品的、卖水的、提供住宿的、卖铲子的，因为需求大增，赚了很多钱。

1848年，美国旧金山的一名木匠詹姆斯·马歇尔建造锯木厂时，在推动水车的水流中发现了黄金。这个消息不胫而走，引发了全世界的淘金热。意大利人、巴西人、西班牙人纷纷拥入，旧金山居民从1847年的500人，增加到1870年的15万人。

在这个过程中，第一家牛仔裤企业诞生了。1847年，德国人李维·斯特劳斯来到旧金山，以卖帆布为生。后来他发现，当地矿工十分需要一种质地坚韧的裤子，他用原来造帐篷的帆布做了一批裤子，卖给当地的矿工，十分受欢迎。李维·斯特劳斯眼见销售不错，就迅速成立了一家公司，主要生产牛仔裤。又过了一个半世纪，牛仔裤从美国流行到全世界，成为全球各地男女老少都能接受的时装。

在淘金热期间，还有一个叫米尔斯的人也来到旧金山。他没有采挖过一克黄金，相反，他向淘金者们出售铲子等工具。在积累了一定的财富后，他开了一家银行，供淘金者们存储获得的收益。之后在他的帮助下，加利福尼亚银行在旧金山开业，之后的很多年，它一直是该地区最大的银行。

作为一名淘金者，米尔斯从来没有淘过金，但他抓住了淘金热的浪潮，利用其周边的机会迅速成为那里最富有的人。而在这个过程中，绝大多数淘金者都没有发财，许多人甚至家破人亡，包括最早发现黄金的马歇尔，最终身无分文，在一间简陋的房子中去世。

还有斯坦福大学。我们只知道这个学校不错，却忘了该校的创建人斯坦福夫妇，也是在淘金热的过程中，因为做周边的生意赚到了钱。最后，他们捐出一笔钱，以儿子的名字创办了这所学校。

为什么会出现上述情况？有一种解释，叫媒体效应。所谓的媒体效应，就是指因为宣传，全社会都认为这个行业特别能赚钱。你想象一下，挖到的沙土用水洗一下，就能捡到一勺金子，多么诱人。

在这种情况下，社会上各种各样的人员、资本都进入这个行业，但是一拥而入的人群很难建立起特别的优势。大家如果都一样，突然增加了很多人来竞争，产品又是同质化的，那么唯一的方法就是不停地压低产品价格、劳动力价格以及供应商的价格，过度竞争其实赚不到钱。

相反，对那些提供铲子、牛仔裤的人来说，他们做的事缺乏媒体效应，没有人会报道，生产一把铲子能赚多少钱，或是卖牛仔裤会发大财，就算写了也没人看，他们做的事太普通，因此也就没有什么人加入。于是，卖牛仔裤、卖铲子的人，在没有大竞争的情况下，缓慢但有效地积累了自己的优势和财富。

当一门生意变得十分火热，仿佛人人都能从中挖到"黄金"的时候，最好去找一些周边没那么多人注意的行业，类似于卖铲子、卖牛仔裤的行业。躲开激烈竞争，提供相对优质的服务，反而有赢的机会和长期发展的可能。

（摘自《读者》2020年第21期）

# 学舌的鹦鹉

七 焱

1

我跟朋友在市南郊合办了一个小机械加工厂，厂子和仓库隔着一道巷子，平时需要留人看管，我就给在老家的老爹打电话，说："你来帮我看仓库，我每月给你开三千块钱工资。"

老爹坐长途车过来，见面第一句话就是："老子不要你的钱。"他的理由是，如果拿了我的钱，就是在给我打工，成了儿子的手下。而不要工资，性质依旧是老子在替儿子解决问题。

老爹年轻时在部队工作，转业后被分配到机关，一直干到退休。这种在小县城四平八稳、根基深厚的人生，给了他指点一切的自信，尤其对我这个儿子，他总想把我压住。我小时候还行，大学毕业后，对于我在西安的工作他越来越给不出建设性意见，就在电话里发脾气，说我连个国营单位都进不去，说我的职位多年都不见提升，说我攒不住钱……拿这些来证明我当年没听他安排是错误的。

尤其是2018年我辞职创业，老爹更是气急败坏地骂我："才长出几根胡子，就想当资本家？反了天了，还敢给老子开工资！"那阵儿他已经退休赋闲两年，正是能从地缝里抠出事情的光景。

来西安后，他把我的厂子里里外外巡视了几遍，提出很多整改要求，走到我办公室，又不可思议地问我："桌子上文件能这么摆吗？打印机离这么远你是咋想的？还有，这鸟笼里绿不溜秋的是什么玩意儿？办公室是工作的地方还是遛鸟的地方？"

我说："这原本是客户的鹦鹉，人家没工夫养，我正愁没处献殷勤呢，就把这东西接了回来，客户倒大方，直接送给我了。"

"噢——"老爹仰头冷笑，"说白了，就是给人办事的小喽啰嘛，我以为你有多大本事呢。"

## 2

无论是这只鹦鹉的原主人，还是我，对它都疏于照顾，导致它两岁了还不会学舌。鹦鹉需要人逗，我在办公室常常对着电脑做合同、画图纸，很少说话，时间久了，这只鸟就看起来毫无生气。

老爹虽不喜欢，但执意要把它放在仓库，因为他对在办公室养宠物实在看不过眼。

我反问老爹："你怎么不明白呢，我为啥要养这只鹦鹉？还不是为了讨好客户，有时候客户过来谈事情，见我把它养在身边，说明我在认真替他办事。你倒好，把鸟扔进仓库，客户会想，连这点事都靠不住，怎么放心在我这里下大订单？"

老爹指着我的鼻子训斥："我咋养了你这么个没出息的娃。"不过他还是照我的意思，把鸟留在了办公室，到晚上再拎去仓库陪他解闷。仓库里有一排空房，老爹收拾出一间当卧室。

第二天一早，老爹又把鹦鹉放回办公室来。我看他眼睛浮肿，问是不是晚上没睡好。老爹说："半夜鹦鹉在仓库哇哇大叫，我起来看了几次，发现有老鼠，鸟儿被吓坏了，我就把它提到卧室了。"

有老爹饲养，鹦鹉的精神开始好转，会吱吱叫几声，高兴时还扑棱扑棱翅膀。白天老爹按时来我办公室，给它添点水和小米，顺便对着它训斥几句，说"脑子笨了不招人喜欢"，说"养了这么久也不见长点本事"。

我在电脑前画图纸，知道这些话老爹是说给我听的。

## 3

鹦鹉有一天开始自残，不停地拔身上的羽毛，接着还有绝食行为，水米不进。

起初我们都以为它病了，我说附近就有宠物医院，不行拎过去检查一下，老爹又教训我："现在的人净胡闹，还专门给猫娃狗娃开医院，钱是没地方花了。"

他给老家熟人打电话，口吻像在部署工作："查一下，鹦鹉拔自己羽毛、绝食，是个什么情况。"对方立即给出答案，说这鸟跟人一样，也有情绪，你对它不好，它就跟你闹脾气。

放下电话，老爹骂了一句："这小畜生，跟人一样难伺候。"我知道他又在指桑骂槐了。

老爹还是对鹦鹉收起了教训的架势，每次喂食时特意委曲求全地说："来，小祖宗，咱们吃点米，再喝两口水。"像在哄小孙子。

晚上他将鹦鹉拎回卧室，放在身边。我问老爹："你不嫌吵？"老爹说："我是在教你做事，答应人家喂养，就要负责养好，何况它通人性，就不能光喂食，跟照顾小娃儿一个道理，把我老汉吵吵算个啥。"

很快鹦鹉就不闹脾气了，老爹还是皱着眉头，说："这也真是只傻鸟，天天晚上教它说话，连'你好'都学不会。"看得出，老爹对鹦鹉越来越上心了，也好，他能给退休生活找个寄托，本来就是我盼望的。

有一天早上，我头昏脑胀地走进办公室，老爹已经把鸟笼提来，坐椅子上捧着茶缸、跷着二郎腿对鹦鹉吹口哨。鹦鹉活泼起来，夎着翅膀、点着脑袋在抓杆上左右移动，颇有老爹年轻时的风神。

直到我打开电脑，老爹依旧在逗弄鹦鹉，我点开文件夹，找出头天的一份合同，鼠标在报价栏上滑来滑去，思索应该做多少改动。

"你的生意怎么样了？"冷不防老爹开口问，我这才注意到今天有点反常，以往我一进办公室准备工作，老爹就像见不得我一样出去了。

我关掉文档，回答他"还行"，然后等他训话。

"还行，就是不行咯，你这个年龄，早该稳定下来，可现在还什么都看不到边。你要愿意听我的，我马上给你找个稳定的事干，比你这劳神的生意强。"

我听得出，老爹这次不是教训，他的声音柔和很多，带着我遥远记忆里的慈爱。我鼻头有些酸，脑中思索从昨天我离开到现在发生过什么，让老爹突然跟我说这些，但没有头绪。

我说："不用，把这两笔订单做完，路子就打开了。"说完继续对着电脑工作，老爹就出去了。

4

这天的情况，两年后我们加工厂倒闭时老爹再次提起。那阵儿新冠肺炎疫情在国内已经被很好地控制住，但客户的回款久久收不回，拖垮了我们的运营线。跟合伙人清算完毕，我就带着老爹去夜市喝酒。

即便酒过三巡，酒劲开始上头，老爹也并未对我生意失败进行指责，却说起那只鹦鹉。

"两年前我听到它说'这势地'就清楚你的难处了。"老爹哂着酒说。

"这势地"是句连我自己都没意识到的口头禅。老爹说："你在学生时代遇到最难的关口时喜欢说这三个字，犯错误要请家长时我听你说过，高考成绩出来你打算复读时说过，大学暑假在电话里跟女朋友分手后你也说过。"

那只鹦鹉白天跟我待在办公室，什么时候偷偷学会了这三个字，我丝毫没察觉，老爹第一次听到后也吓了一跳，他好多年都没听我说过这句口头禅了。

"我晚上没事就教它说'你好'，它都学不会，却把你这句话学会了，我就知道你有多难了。"老爹还没说完，我的泪就借着酒劲直往下淌。

鹦鹉随后被老爹带回了老家，没过多久，他打电话跟我喊："那只傻鸟会说'你好'啦。"

（摘自《读者》2021年第18期）

# 城市无故事

王安忆

　　在我插队的地方，人们把"讲故事"说成"讲古"。所讲的并不一定都是古人的事迹，也包括邻庄或本庄曾经发生的事情。如谁家的女儿和谁家的儿子相好，一起跑到了男方家；谁家的媳妇起夜时看见了黄鼠狼，随后就一病不起，命归西天。这些事件的确都发生在讲述之前，是过去的事件，相对讲述的当时，也可说是"古"了。再看"故事"二字的构成，其中有两个词素："故"和"事"，"故"是来修饰"事"的。所以，"故事"即"从前的事情"，也就是完成了的事情。从这个意义上来说，将"故事"说成"古"则是千真万确的了。我至今还记得，在昏暗的牛房里，在铡刀切牛草的嚓嚓声中，听一个投宿的外乡人讲古，四周墙根里的烟锅忽明忽暗。现在，我们就有了"故事"的第一个定义，即过去的事情。

　　然后，我们还会发现故事必须是一个过程，它基本上须是什么人（包括动物）做了什么事，这当是一个基本要素。假如没有人物，便做不成事情，剩下的只有风景，就成了一帧画。若还有些声音，可以变成一支小曲儿。假如只有人物，这人物什么也不做，那就成了一张照片，而且是证件照。所以，故事大约是需要有什么人（或动物）做什么事。做什么事，且不只是做一个或一些动作。这些动作须有动机，互相间有联系，最后或多或少还要有结果。这些动作的发生、发展、联系、结束，便组成了事情的过程。并且，在这个人做某一件事的过程中，他要与其他人协作或互助，所以此过程中还应包括人与人的联络、组织，这则是一个横向的过程。

在乡村，人们一代一代相传着祖先的事迹，那事迹总是有关迁徙和定居。人们又一代一代演绎着传宗与发家的历史：人们在收割过的土地上播下麦种；白雪遮盖了麦地；春天，雪化了，麦子露青了；长高了；又黄了；人们在一个阳光明媚的早晨，等待露水干了，咔嚓嚓地割下了麦子。这时候，麦子的故事完成了，大豆的故事开始了。人们犁了麦地，将麦茬翻进地底深处；耩子吱吱扭扭地歌唱着播下豆种；在骄阳如火的伏天里，人们去锄豆子；在秋风送爽的夜晚，人们赶夜路走过田野，便听见豆荚铃铛似的叮叮当当响着，有炸了角的豆粒落在被露水打湿的柔软的地上，收割的日子来临了。一个孩子出生了；会爬了；会走了；会背着草篓子下湖割猪草了；会在大沟里偷看女人洗澡了；然后他挣九工分了；娶媳妇了；媳妇生孩子了。一个人的故事完成了，延续了下去。在这里，事情缓慢地呈现出过程，亦步亦趋，从头至尾。村民在很长的时期里稳定地聚合在一起，互相介入，难得离散，有始有终地承担着各自的角色，伴随和出演着故事。他们中间即使有人走远了，也会有真实的或者误传的消息回来，为这里的故事增添色彩。于是，我们看见，这里具备了故事产生的条件，即承担过程的人物和由人物演出推进的过程。当此过程成为过往的事情时，又有自始至终的目击者来传播与描述此过程，讲故事的人也具备了。

那么，在城市里，故事会有什么样的命运呢？农民离开土地，从四面八方来到城市。他们两手空空，前途茫茫，任凭机遇和运气将他们推到什么地方。他们在陌生的街道上逛来逛去，由于生存的需要，他们和偶尔相遇的人结成一伙。后来，他们因各自不同的才智和机会有了不同的遭际，便分道扬镳，再与其他人结伙。他们从这条街搬到那条街，高楼将其阻隔，就又是另一番景象。他们迅速地认识一些陌生的路人，当他们还来不及熟悉了解的时候，就由于另一个机会的出现而匆匆分手，再去结识另一些陌生人。在这个地方，不会有人知道他从哪里来，他也从不知道别人从哪里来，人们互相都不知根底，只知道某些人的某些阶段与某些方面。他们在某一处做工，又在另一处住宿；他们和某一些人谈工作的事，又和另一些人谈情爱的事。

这个地方的生产方式是将创造与完成的过程分割成简单和个别的动作。比如做一件衬衣，一部分人专门裁衣片，一部分人专门用机器缝制，另一部分人专门钉扣子。他们每一个人只是承担这局部中的一个动作。他们永远处在一个局部，无法了解这件事情的整个过程。他们不知道这件事情从哪里起始，又在哪里结束，其间经过多少路程。

人被分割在各自的位置上，好像螺丝钉。人们通过流水线和货币携起手来，互相介入，结合在一个过程中。人们自己则可老死不相往来，通过社会分工和使用货币，就可安然度过衣食无忧的一生。人们再不可能经历一个过程，过程被分化瓦解了。在这些被瓦解的过程的点上，有谁可展望过程的全局？有谁可承担讲故事的重任？当事情没有了开始和结束的状态，只呈现出过程中的一个个源源不断的瞬间，哪里又有过往的和完成的事情可供讲述？

在那些拥挤的棚户或老式里弄里，还遗留着一些故事的残余。那些邻里纠纷、闲言碎语，那些对田野旧梦的缅怀，那些对人心不古的感慨，使人以为这就是城市的故事，其实这仅是乡村故事的演变或余音。

在这里，偶尔会发生一些耸人听闻的奇人异事，比如一起车祸，比如一个精神病患者爬上楼顶然后坠下楼。可这些仅仅是事故，只能为晚报记者提供几则新闻。

在夜幕降临时分，一些无业的男孩、女孩，幽灵般地游荡。他们逃离了社会正常的秩序，自己聚合起部落式的集团，做些违背社会秩序的事情，这些又可否算是城市的故事？抑或只是城市外的故事。因他们是背叛城市又为城市背叛的、生不逢时的原始部落民，最终形成反城市的故事。

在三层阁或者亭子间或者水泥预制件的新工房或者乱糟糟的大学宿舍里，有一些年轻的城市作者，正挥汗如雨地写一些以意识流为特征的故事。在此，时间是跳跃的，人物面目是模糊的，事情是闪烁不定的，对话是断章取义的，空间是支离破碎的。后来，这些稿纸上的文字被印成铅字，在印刷机里被制作成几千份甚至几万份，在街头报亭或书店里出售，被称为"城市文学"。可是，这不是故事。

城市无故事。这是城市的悲哀。在这里，我们再无往事可说，我们再也无法悠闲而缓慢地"讲古"和"听古"。故事已被分化瓦解，再没有一桩完整的事情可供我们讲述，我们看不见一个完整的故事在平淡的生活中戏剧性地上演。只有我们自己内心尚保留着一个过程，这过程于我们是完整的和熟悉的。有时候，我们去采访，想猎取别人的内心过程，可是人人守口如瓶，或者谎言层出。到头来，我们所了解的还是只有我们自己。于是，我们便只有一条出路：走向我们自己。我们只拥有我们各自的、内心的故事。而城市，无故事。

（摘自《读者》2019年第8期）

# 谢谢这个世界有这样一个你

纪慈恩

1

有一天，福利院来了一个老奶奶，她牵着一个10岁大的女孩，希望我们可以让她的孙女在福利院和我们的孩子一起接受康复治疗。

福利院从来没有接收外面的孩子来这里做治疗的先例，大家都很为难，只好先说我们考虑考虑。

后来的一周，我常常能在福利院大门对面看到郝奶奶，她并不想打扰我们，只是远远地看看，还给了我一罐蜂蜜。她说："我没有别的意思，也没有期待用一罐蜂蜜就得到你们的同情，只是觉得这些娃娃也很可怜，想给他们一些我能给的。蜂蜜对孩子身体恢复有好处，这都是我自己做的，希望你们收下。"

那天下着小雨，我含着泪收下这罐蜂蜜，送到办公室去。

其间，我问过郝奶奶，孩子的爸爸妈妈呢？为什么总是你带着孩子？她都只说"他们忙"。

郝奶奶开了一个小卖部，她们家就住在小卖部的后面，在福利院最终的决定下来之前，我想，多去买些东西是唯一能帮到她们的吧。

这一天去的时候，郝奶奶不在，是郝奶奶的邻居在帮忙看店。我也因此得知了郝奶奶和她孙女之间的故事。

敏敏患有先天智力障碍，所以，她一出生就被父母遗弃了，郝奶奶找了两年才把孩子找到。为了防止敏敏再次被遗弃，她带孩子远离家乡，来到这里。起初，她靠当钟点工为生，一天做四五家的活儿，尽管那时她已经67岁了。后来，她存了一些钱，开了一家小卖部，希望以后敏敏可以靠此为生。

无论是出于感动，还是出于社会责任感，最终院方同意敏敏和福利院的孩子一起，免费在这里学习，并接受康复训练。

## 2

从那以后，郝奶奶每天带着敏敏按时来福利院上课、做康复，风雨无阻。下了课，郝奶奶常常会悄悄跑过来问我："以敏敏现在的情况，到她15岁，可以自立吗？"我知道，她在争分夺秒地尽自己最大的努力帮助孙女学会独立生活。

敏敏是一个非常懂事的孩子，即便她的智力有问题，但她仍然知冷暖、懂是非。当然，她也有调皮的时候。有一天她就耍赖，不好好做康复，在一旁和福利院的孩子玩起来。

我觉得这是很自然的事，敏敏终归还是一个孩子。可是，这时，郝奶奶拿起拐杖就打敏敏，敏敏哭了，郝奶奶又心疼地抱着她。当时我并不太理解郝奶奶，觉得她有点过于紧张，孩子偶尔放松一下，也是可以理解的。后来，再看到郝奶奶如此"过激"的反应，我突然明白——郝奶奶知道自己年纪大了，不可能长久陪伴敏敏，敏敏可以独立生活，她才能放心地离开这个世界。

日子继续过着，敏敏和郝奶奶似乎成了福利院不可缺少的一部分。一天，郝奶奶和敏敏没有来，也没有打电话。我觉得奇怪，下班后，就去郝奶奶的小卖部找她们。看店的不是郝奶奶，是她的邻居。邻居告诉我，郝奶奶病了，很严重的病——癌症。

我去医院探望郝奶奶。她躺在病床上，插着氧气管，很虚弱的样子，敏敏坐在床边的小板凳上，正在画画。

郝奶奶看到我来了，连忙困难地起身，虽然说话不是很利索，她还是急于解释为什么敏敏这几天没有去上课。在她的脸上，我看到了焦虑、不安和很多说不清的东西。我想，郝奶奶应该非常难过，不是为了自己，而是为了敏敏，她最担心的事还是发生了——她走了，敏敏该怎么办？

临走时，郝奶奶留了我的电话。

当天晚上，我就接到了她的电话——和我猜测的一样，她想避开敏敏，和我单独聊聊。

"对不起，我知道，你和福利院已经帮了我们很大的忙，我实在不应该再麻烦你。但是，我真的不知道还能找谁。"这是郝奶奶说的第一句话。

我好喜欢这个奶奶，她总是这样谦逊，这样感恩，想到她这样的人患有癌症，我很伤感。

"你的病怎么样了？"

"医生说得了这样的病，我大概能活两年。两年，你觉得敏敏会怎样？或者她有没有可能被收养？还有没有其他的办法？"郝奶奶急切地问我。

我如实地告诉她，敏敏被收养的可能性很小，不管敏敏能否独立，两年后，她仍然未成年，还是需要有监护人，监护人只能是她的父母。

郝奶奶听了我的话，沉默了很久，很久。她没有对我说什么，既没有对敏敏的父母进行评价，也没有说她要怎么办。

我突然感到郝奶奶身上背负着许多东西，也许不仅仅是关于敏敏，还有很多——也许是历史，也许是宽恕，也许是无可奈何。

我再去看郝奶奶时，她正准备出院。那天，她的状态很好，她对我说："既然我可以出院，证明我病得没有那么严重。得了癌症的人也有治好的，对不对？我要努力活下去，活到敏敏成年以后，希望老天可以帮我……"

## 3

郝奶奶出院后的第三天，她又像以前一样，拄着拐杖，牵着敏敏，按时来到福利院。

时间久了，连我都误以为一切并没有什么不同。

郝奶奶在想办法让自己的生命久一点，再久一点。然而，奇迹并没有出现。这样的日子持续了半年，当郝奶奶再次"消失"时，我便知道情况不妙——癌细胞扩散了。

我再见到郝奶奶，是在她从 ICU 出来后第四天。

她一见到我，就像抓住救命稻草般，直接问我："你说该怎么办？"

"你……从来没有想过把敏敏送回她父母身边吗？这么多年过去了，他们……也许懊悔过，也许他们对孩子也是有感情的。"

郝奶奶没再说话。不知道是我说了不该说的，还是她也在考虑这个方案。

自此，郝奶奶再也没有来过福利院。我突然怀念起那时的她们——一个慈祥的奶奶拄着拐杖牵着她可爱的孙女，带着希望，带着慈悲。

一天，我坐车路过那个小卖部，瞟了一眼，小卖部竟然开门了，我连忙下车返回。

郝奶奶正戴着眼镜缝补着什么东西，恍惚间，好似一切都没有发生。我很想和她谈谈敏敏的未来，她的病，她的家庭，可是，郝奶奶避而不谈。

"谢谢你。"郝奶奶说。

我正准备回答她"你已经谢过我很多次了"时，她接着说："谢谢这个世界有这样一个你。"

那天，我和郝奶奶像熟识的好友一般聊了很多，关于我，关于福利院，关于我照顾的那些孩子，关于爱和慈悲。

自此以后，我常常去小卖部。有一回，我碰到了敏敏的父母，他们一把鼻涕一把眼泪地向郝奶奶忏悔，郝奶奶的态度似乎也变得柔软了，不复之前谈论起他们时的冷漠。

后来，敏敏的妈妈带着敏敏来福利院上过几次课，看上去不太熟练，但是我看得出来，她在努力做一个好妈妈。我心里的石头终于落了下来。

这是郝奶奶最后一次出现在福利院。这天，她像以前一样，带着敏敏到福利院，但是她没有让敏敏上课，而是带着自己酿的蜂蜜——和她第一次来福利院一样，挨个向我们道谢。郝奶奶离开时，拥抱了我——我很享受，这是很多时候，我想给她的。

那一刻，我抱着郝奶奶哭了。

## 4

再见郝奶奶是在医院，她病得已经非常严重了，吃不下饭，每天都在输液。

迎接我的依然是她那熟悉的笑容。断断续续地，郝奶奶讲了很多关于敏敏父母的事，似乎在向我解释他们的难处，希望我可以谅解。

郝奶奶眼睛里闪着泪光，紧紧地握着我的手。这是我最后一次见到清醒的郝奶奶。

再见她时，她已经昏迷。敏敏躺在已经没有意识的郝奶奶身旁，似乎想用自己的体温唤醒最爱自己的奶奶。我看到敏敏的坚强，她没有哭。她把奶奶说的每一个字都记在了心里。

后来有一次，我去看郝奶奶，听到了她和敏敏的对话。

"阿敏，奶奶要走了。"

"你要去哪里？"

"奶奶老了，要去休息了。"

"那我也和你一起去。"

"不，不，你还太小，那里只能老人住，小朋友应该继续在这里玩耍。"

"那我还能再见到你吗？"

"奶奶会化作植物陪着你，你要是想奶奶了，就和它说说话，奶奶可以听到。"

"嗯，奶奶，我会想你的……"

为了不让她们看到我流泪，我站到了窗边。

郝奶奶走的那天，天气很好，阳光明媚。她走得很安详，据医生说，没有太多的痛苦。我想，她应该是心无挂碍地离开的。

在奶奶被推出去的那一瞬间，敏敏哭了。她也许知道自己再也见不到奶奶了，她追着盖着白布的奶奶，手里抱着奶奶留下的那盆万年青，一边哭，一边喊："奶奶，等等我。"

我走上前对她说："敏敏，还记得奶奶说过的话吗？她去休息了。"

这时候，大多数孩子也许会说："不，我就要奶奶。"但是，敏敏却说："她会疼吗？"

这个小女孩真是郝奶奶的亲孙女，在她身上，我似乎看到了郝奶奶的影子。我说："不会，她走的时候很安详，所以她现在去的地方应该也很好。她应该会很开心，很舒服。"

敏敏听我说完，擦干眼泪，小心翼翼地抱起那盆她视如珍宝的植物。

是啊，奶奶告诉过她，这盆植物就是奶奶，她会一直陪着敏敏。万年青好养，不容易死掉，可以陪敏敏很久，久到敏敏可以独自生活的那一天。

送走郝奶奶，敏敏就不和我们一起回福利院了，她会留在老家，和父母一起生活，她的父母也向我们承诺，他们会好好地对待敏敏，弥补他们曾经犯过的错。

我们离开的时候，敏敏突然扑向我，她什么都没有说，只是紧紧地抱着我，小手死死地抓着我。我说："敏敏，我该走了，以后有机会就来看你，你可以给我打电话。"

听到这句话，敏敏才慢慢地放开我，点了点头。

后来，敏敏真的给我打了电话，一个月一次。她告诉我她的生活，说她很想念我，很想念奶奶，但是她记得奶奶说过的话，她不能让奶奶失望，她要努力学习。

其实敏敏的病并不算严重，虽然她永远都不会像正常孩子一样摆脱智力的障碍，但是她已经康复得非常好了。我想，只要她努力地学习、治疗，自立应该是不难的，最重要的是，她有一颗全世界最纯真的心灵和一份来自天国最好的守护和祝福。当她长大成人，有了自己的家庭和工作，我会带她去看望她的奶奶，告诉奶奶，敏敏是一个听话的孩子，奶奶说的每一句话她都做到了。

郝奶奶，谢谢这个世界有这样一个你。

（摘自《读者》2020年第21期）

# 像一只鹤

王太生

　　清代文人李渔的家厨王小余，菜做得好，脾气也大。他在掌勺时，对旁边的人说："猛火！"烧火的就将火燎得旺旺的，像大太阳一样。他说："撤！"旁边的人赶紧撤下柴火。他说"且烧着"，就丢在一边不管。他说"羹好了"，伺候的人赶紧拿餐具，稍有违背他的意思，或是耽误了时间，他必像对仇人一样大叫怒骂。

　　王小余做菜时很投入，他站在灶台旁，全神贯注，两只眼睛瞪得老大，只盯锅中，屏声静息，除了挥动铲勺的叮当碰撞声，听不到其他声音，李渔说他"像一只鹤"。

　　李渔为什么称王小余像一只鹤？他对这位家厨太喜爱了。鹤，除了有洒脱的形态，还有高雅、俊秀的神态，飘逸、灵性的情态。王小余做菜有个性，就像唱歌的有夸张的动作和表情一样，厨师也有手舞足蹈的肢体语言。

像一只鹤，是说这个人的状态非常投入，双目炯炯，物我两忘，一门心思深陷其中，浸淫着、沉醉着。

关于鹤，我们联想更多的，是它飞翔时的样子，而很少见到静止的鹤，或者在想一件事的鹤。我在水草丰茂的苏北湿地，遇到过一只闭目养神的鹤。那是只蓑羽鹤，背上耸一件"蓑衣"，像一个人站在那儿，安静地想着心事。鹤在静止时，一动不动，像一个沉默的人。这个世界，有披蓑衣的人，也有背蓑衣的鹤。

静默于水边打鱼的人，像鹤。他在水边打鱼，一动不动，满耳都是风声、水声，但这些他听不到。他神情专注，只关心鱼和网。紧盯着水中，网中进了一条鲮鱼，或是青鱼，他了然于心。打鱼人身披一件蓑衣，头戴斗笠，雨水一滴、一滴……沿着一根根草尖，顺势而下。

画画的人，也像鹤。画画时眯缝着眼睛，虽不像鹤那样单腿站立，却是在凝神琢磨，有鹤的淡定和从容。

人专注地做一件事情，像鹤。朋友老杜，是一个经常出入于各类大小场合拍会场照的人。老杜在拍照片时也像一只鹤——一只眼睛闭着，一只眼睛瞪得老大，老杜沉浸在现场的氛围之中，抓拍每一个稍纵即逝的瞬间，不受任何外界的干扰。

而有意思的是，像鹤的人，看别人也像鹤。有一次，老杜在拍一场讲座时，透过镜头，他看到听课的人，像两种不同状态的鹤：有人听得聚精会神，目不转睛，脖子伸得老长；当然，偶尔也会看到有一两"只"低头打盹的"鹤"。而那个在台上演讲的人，神采飞扬，双眸发光，像一只舞动翅膀飞翔的鹤。

闲云野鹤一样的人，指生活闲散、脱离世事的人。所以有《红楼梦》

第一一二回里的感叹：“独有妙玉如闲云野鹤，无拘无束。”

文人想事时，如鹤。汪曾祺的儿子汪朗回忆父亲晚年：一个人双手捧一杯茶，坐在沙发中一言不发，静静地想事。那模样，有点像高僧入定，只是眼睛睁着。一看到老头这般模样，家人就知道他又在想文章的事了。

汪曾祺像一只鹤，琢磨文章的老鹤。

（摘自《读者》2016年第2期）

# 一个女孩决定改写命运

常芳菲

从履历上看，钱佳楠是"人生赢家"的代名词。

钱佳楠18岁时被复旦大学提前录取；19岁时，第一篇短篇小说《西村外》就拿到复旦大学望道传媒奖。大学毕业6年后，她放弃稳定的教职，决定去英语世界试试，"额头碰到天花板"似的申请到艾奥瓦大学创意写作专业，攻读硕士学位。现在，33岁的她已在南加州大学攻读英语博士学位。

但实际上，一个母语非英语的女性想要在英语文学世界立足，其难度不亚于让美国作家从头学习唐诗宋词。此前，鲜有成功模板可供参考。她只能在一片大雾中独自行走。沿路很多人都说她不行："你就只能写上海，你把上海写好就够了！"

对很多人来说，成为一个职业作家意味着要穿越天赋、勤奋、审美的重重窄门。

而对钱佳楠来说，漂亮履历的背面是她拼命向上，以此来克服"贫困重力"的故事。

## 不存在的"被子"

21世纪初，城市化进程的加速也带来一些工人下岗的问题，而父亲的两次下岗，让钱佳楠的生活从普通降格成贫困。

因为贫穷，这个家庭永远把花钱当作大事。

其实钱佳楠早在12岁时就知道这种匮乏的真实含义。它意味着一个孩子的早慧。

那时，钱佳楠"小升初"还需要电脑派位。小学的最后一次家长会上，班主任委婉地提醒每一位家长，想办法让孩子去更好的学校。

为了孩子有个好前程，钱佳楠的母亲也行动起来，托了远房亲戚的关系，让她去了另外一所学校。择校费需要8000元，区级三好学生的身份帮她减了1000元，最后，母亲交了7000元，相当于这个家庭一年的收入。那张减免择校费的收据很长时间都压在抽屉里，也压在钱佳楠心上。

她至今都记得母亲当时说的话："我跟你爸能力有限。接下来念书和所有的事情，你都要靠自己，我们帮不了你。"

从那之后，一切物欲都有了金钱的重量。她从小就懂得怎么体面地拒绝玩具店的诱惑。玩具店的阿姨拿毛绒玩具逗她，问她要不要。她就说："我们家里多得是，不买！"母亲把这件事当作女儿懂事的谈资在亲朋好友中炫耀，但钱佳楠知道，自己最喜欢毛绒熊。

当解决温饱、赚钱成为头等大事时，父母的爱难免缺斤短两。钱佳楠读大学的4年，靠着一床被子挨过上海的冬天。实在太冷，她就拿一个巨大的毛绒熊压在脚上。她和母亲提过好几次，但最终，被子也没有给她多做一床。被子慢慢变成一个象征。"那时候，我的母亲很忙，忙着挣钱，我也可以理解她。但这种鸡毛蒜皮的事，又像化不掉的冰一样插在两个人中间。被子的事情就在我心里不断升级。我认为是不是她不够关心我，是不是钱比我更重要。"钱佳楠说。

对作家钱佳楠来说，贫困意味着永远有比实现文学梦想更迫切的事情等着她做。

## 一半生存，一半梦想

长时间拮据的生活，让钱佳楠时刻绷紧一根弦——要考虑钱。她永远要想，是不是先做一个更保守的决定。

更重要的是，她深知，把家庭拯救出泥潭的重担也落在自己身上。

好好读书只是最基本的步骤。在半自传体小说《不吃鸡蛋的人》里，女高中生周允有一张从凌晨5点开始到熄灯的严格作息时间表。钱佳楠对自己更苛刻，为了保证年级排名，她一直拿理科的竞赛题做练习，并不知道之后自己会选文科。有时候学生会的宣传工作耽误学习，她就凌晨4点起床，带着自备的应急灯，到公共盥洗室的台子上写作业。

真正知道自己可以成为一名作家，是在钱佳楠19岁的时候。外公去世，她写的《西村外》拿到复旦大学望道传媒奖。一个中文系的教授，同时也是评委，托同学来说，想要见一见钱佳楠。见面后，教授说了很多鼓励她坚持写作的话。

她自己"心里也有杆秤"，写出来就知道自己灵气够。可即便如此，她也没敢想把写作当成职业。她知道，那个每年更新一次的作家富豪榜，不可能和一个1988年出生的、写严肃文学的人有什么关联。

"写纯文学的人，靠稿费根本不能养活自己。大部分人需要一个正职，而在业余时间写作。"她说。何况，她还有一个家庭需要拯救。

整整6年，钱佳楠的生活以黄昏作为精准的分割线。

白天，她是上海市世界外国语中学的一名教师。夜晚，她回到只有10多平方米的住处开始阅读、听公开课、写作、给各种报刊供稿。睡眠太奢侈，她每天最多睡3个小时。她用夜晚来追回已经丧失的白天，用燃烧自己的方式接近梦想。早晨6点，她又要去赶早班地铁。

在很长一段时间里，钱佳楠的签名都是佩索阿的名言："在白天，我什么都不是；到了夜晚，我才成为我自己。"

白天，她为了养活自己，为了消除贯穿自己青春的羞耻感而工作。

到了夜晚，她写贫困和因此龃龉丛生的生活。她笔下没有金光闪闪、杀气腾腾的外滩、南京路、陆家嘴。她用笔尖划开城市上空的旖旎幻景，去写它的反面——工人新村里因为常年不洗澡被迫离婚的下岗工人、聚会上用酸溜溜的口吻讥笑她吃不起一菜一汤的亲戚。

"20多岁的一天要比60多岁的一年更值得拥有。"她不断告诉自己。

周而复始，她用燃烧自己的方式度过了6年，直到勉力攒够了钱，让父母搬进宝山的公寓楼。

## 最珍贵的自由

去美国艾奥瓦大学读创意写作专业的硕士学位是一个大胆的决定，这意味着要斩断过往的全部生活和写作经验。她必须接受重新成为一个初学者，重新默默无闻。

此前看似安稳的幻象最终被复旦大学的师兄梁捷的一个提问戳破："你这么努力，为什么还是没有写出好东西来？"

钱佳楠在一瞬间知道自己的写作和生活都陷入了困境。上海主题的叙事一再重复，似乎每个主人公身上都有钱佳楠的影子。而我们知道，当一个作家频繁调动自己的成长经历和个人情感时，就意味着写作进入某种瓶颈期。

然而用英语去实现梦想更不容易。

尽管她在微信朋友圈和微博中表现出平静快乐的状态，但在给友人的信里，她写着："我感觉自己在这儿是一个外星人，我每天都觉得自己要溺亡。"在这个绝大多数人都来自以英语为母语的国家的工作坊里，钱佳楠是个外来者。几乎只有她会把日常用语和书面语混用。

同学评价她的作品只有张力而缺乏冲突。西方文学界并不理解中文的"闲笔"，每次碰到这类与主线无关的段落，教授和同学都倾向于让她删掉。有一次，她的一篇小说被"宰杀"，情况惨烈得让她打起退堂鼓。

上升通道同样狭窄。申请写作基金竞争激烈；多数刊物发表作品不给稿费，但这并不意味着发表难度随之降低。

在这个全新的世界，钱佳楠永远不够自信，要哆哆嗦嗦地寻求帮助，没有办法像美国人那样，时刻散发出"我应当得到瞩目和尊重"的气场。

没有其他的方法，只有以"彻底决裂式"的笨办法努力。她每天五六点钟起床，尽量8点前出门去图书馆，如果有课就去上课，没课就待在公共自修室，直到晚上。

每周，钱佳楠只留半天时间阅读中文。其余时间，不仅听说读写都是英文，同时还要背——她可以背诵乔伊斯的《都柏林人》中除《死者》

之外的每一篇小说，只希望有一天乔伊斯的天才可以照亮自己。这样的阅读方式像水蛭一样吸光她所有的时间。

同样的困境，严歌苓也碰到过。

"那时我一个小时的英文阅读极限是7页，而我的同学是30~50页。但我有减免睡眠的自由，有强记硬写的自由，也有暂时戒掉娱乐、聚会、野餐的自由。我更有呕心沥血、绞尽脑汁，拿出稍新一些的书进行阐述和写完作业的自由。

"当然，我也有完全的自由，去做一个亭子间里的小作家，在做功课和打工的夹缝里写写小块文章，拼凑报纸版面，去挣房钱、粮钱。最有价值的自由，应该是小说选材的自由。"

现在，钱佳楠也享受到了这种可贵的自由，她仿佛推开了一扇大门。

成为一个非英语母语写作者会成功吗？她不确定，她甚至做好了在很大程度上要失败的准备。可这重要吗？

日本导演黑泽明曾对青年导演说："如今年轻人刚起步，就在琢磨赶紧到达终点。但如果你去登山，教练告诉你的头一件事情就是不要去看峰顶在哪儿，盯着你脚下的路。"

就像她在《有些未来我不想去》结尾处写的那样：

"我的未来，一如我的过去，都弥漫着茫茫大雾。唯有在雾中前行，我才能看到最切近的路上有什么。"

（摘自《读者》2021年第13期）

# 会忽悠的人

祝 勇

李少君去见汉武帝时，言称自己是70岁的老头儿。汉武帝打量着他年轻的脸，有点不大相信。那应该是在公元前133年，汉武帝拒绝了匈奴的和亲要求，在马邑设下埋伏，拉开与匈奴战争的历史大幕。那一年，汉武帝23岁。

我至今查不出李少君的真实年龄，只知道他的职业叫方士，掌握着使人长生不老的特殊技能。实际上，他是一个四处游走招摇撞骗的"盲流"。

为了打消心中的疑虑，汉武帝亮出一件很古老的青铜器，问李少君是否认识此物。李少君仔细瞅了瞅，说："齐桓公十年（公元前676年）时，这件铜器曾在柏寝台放过。"汉武帝于是趴在青铜器上仔仔细细核对上面的铭文，当他看见齐桓公的名字时，一时间蒙了，因为李少君不可能提前看到齐桓公的铭文。在场所有人，也都露出了惊讶的表情。司马迁后来在《史记》里写下这一幕时用了四个字："一宫尽骇。"他们因此对李少君的方术深信不疑，认为李少君是神、是仙，他的年纪，往少了说也有几百岁。

李少君曾经在武安侯田蚡的府上宴饮，酒喝大了，就指着在场一位90多岁的老寿星说："你这个小朋友，当年我跟你的祖上一起撒尿和泥玩呢。"李少君说出他们当年一起玩耍和骑射的地点，老寿星迅速搜索自己的童年记忆，想起自己的祖父确实到过那个地方，于是彻底服了，毕恭毕敬地把李少君当作自己的老前辈。

每个朝代都有能忽悠的人，专门忽悠皇帝也早就成了一门职业，李少君是这方面的杰出人才。那一天，面对着那件青铜器，李少君从容不迫，潇洒而镇定地对汉武帝循循善诱："有此奇物可以化作黄金，用这样的黄金做成饮食器具，可以延年益寿。这样，就可以见到蓬莱仙人，与蓬莱仙人进行封禅大典就可以长生不死，飞升成仙。"

李少君声称，自己曾经登上过东海中的蓬莱仙山，在那里，一个名叫安期生的千岁老人给了他一颗巨枣，吃了它，他才长生不老。

坚不可摧的汉武帝，就这样被李少君忽悠得五迷三道，把寻找神仙、求得长生不老之术当作自己最紧迫的任务，而且这项工作几乎贯穿了他的一生。横扫匈奴的汉武大帝，在这个领域，注定要一败涂地。

在中国人的观念里，在鬼神的世界之外，还有一个奇幻的世界，叫仙境。无论秦皇还是汉武，都在绞尽脑汁地探寻仙境。在那个朝代，中国人把世界想象成这样一幅景象：昆仑的方位，是太阳落山的方向，那是世界的西方；而在太阳升起的东方，则是蓬莱、方丈与瀛洲三座仙岛，岛上有神山，上面长有仙草，食之可使人长生不老。正是那上面的仙草，吸引秦始皇和汉武帝一次次自黄土高原出发，千里迢迢地奔向东方海岸线。

在汉武帝面前，李少君不仅透露了仙境的地址，还描绘了他"亲眼看见"的真实景象：在那三座岛的神山上，禽兽栖息，颜色皆白，宫阙此起彼伏，一律用黄金和白银打造。远远看去，那仙山宛若彩云，走到近前，才发现它们竟在水下。

有人坚信，语言创造世界，至少在汉代，奇幻迷离的神仙世界，就来自李少君这伙人的三寸不烂之舌。因为那个世界，只有在语言中才能呈现，在现实中却难以显现——汉武帝跟着那些方士跑，踏破铁鞋也没有见到仙境的模样。

既然仙山鞭长莫及，那么创造一些人造仙山，用来安抚他们内心的焦虑，也未尝不可。于是汉朝人行动起来，通过日常生活器物，构建出自己想象的仙山形象。

那器物，就是博山炉。

首先，博山炉是香炉——一种用来焚香的器皿，一般为青铜铸造。其次，像古代许多实物器具一样，博山炉本身就是一件艺术品。战国时代，青铜制品就已不只是祭祀仪式上的庄重道具，而是逐渐与日常生活相适应，变得婀娜和灵动，出现了包括铜镜、铜灯、带钩在内的一系列生活用品。到了两汉，青铜器继续向日常生活器皿发展，博山炉就是汉代最有代表性的"文化符号"之一。

具体地说，博山炉就是一尊关于山的雕塑。所谓"博山"，就是一座仙气缭绕、群兽妖娆的海上仙山。它的山峰，像花瓣一样层层包裹，紧紧簇拥。在山的皱褶里，飞禽狂舞，动物凶猛，与方士们描述的别无二致。

故宫博物院里，有一件西汉时期的鎏金博山炉，炉盖上山峦重叠，山中有樵夫负薪而行，还有野兽在奔走。另一件东汉时期的力士博山炉，造型更有想象力，因为在群山之巅，站立着一只小鸟，可能是天鸡或者凤凰，不知道是刚刚降落，还是准备起飞。这一神来之笔，在山的高度上，又加上了一个新的高度——飞翔的高度。而它的炉柱，则是一个跪坐在神兽背上的力士，"力拔山兮气盖世"，单手就把山峰托举起来。

但博山炉最关键的装置，却不是那些吸引眼球的部分，而恰恰是不易被看见的部分——用来透烟的微小孔隙。当炉腹里的香料被点燃，就会有烟从那些小孔里散出，游荡在山峦之间。烟的造型，可以被小孔控制，条条缕缕，与仙山的梦幻效果刚好相配。

总之，这是一种精密到极致，同时美到极致的日常生活器具，体现了那个时代的工艺成就，也体现出那时的贵族对物质生活的苛求。几百年后，一位被称为"诗仙"的大唐诗人还在一首乐府诗里，表达了他对这一神奇的视觉效果的痴迷："博山炉中沉香火，双烟一气凌紫霞。"

幽深的炉腹，让香料隐藏了自己固体的形态，在火焰中，在人们视线的背后，悄无声息地变化，再次出现时，已经转化为袅袅轻烟。这样的转换，只有借助精美的博山炉才是最完美的，博山炉就像一个智慧的大脑，孕育着变幻莫测的思想。反过来，那股神秘而持久的幽香，也强化了博山炉的仙境形象，使仙境不但有形象（像李少君描述的那样），而且有气味。那奇幻迷离的香气，正是对仙境的最佳注解。

那时的人对世界所知甚少，这从反向上激发了他们对世界的想象。在汉代，人们对世界的想象，还带有许多魔幻的成分，他们所塑造与描述的那个世界，也因此具有了深刻的文学意蕴。

把皇帝作为忽悠的对象，在中国忽悠史上，汉朝方士应当首屈一指。他们胆子大，风险也大，因为皇帝不会总像他们想象的那样愚蠢。比如，汉武帝有时也会纳闷儿：既然他们都登上过仙山，遇见过仙人，为什么自己跟着他们东奔西走，结果连仙人的影子都没见到过？

　　李少君只好解释说，这要看缘分，脾气不对，仙人肯定隐而不见啊。所幸李少君死得早，还没有来得及露出破绽。后面那几位就不那么幸运了，他们不但露出了破绽，而且露出了破"腚"——被汉武帝打得皮开肉绽，汉武帝甚至命人取下他们的脑壳，借此掩盖自己的愚蠢。

　　一生从胜利走向胜利的汉武帝，在寻找仙山的道路上，碰了一脑袋包。究其原因，是他把艺术的世界等同于真实的世界，混淆了虚构和非虚构的界限。最终，他还是醒悟过来，语重心长地对大臣们说："向时愚惑，为方士所欺。天下岂有仙人，尽妖妄耳！"说完这话的第三年，汉武帝就驾崩了。敢于否定自己，或许正是汉武帝的非凡之处。

　　汉武帝被整得很惨，中国艺术却得了大便宜。此前的中国艺术史中，只有屈原在《离骚》中对仙山进行过描述，但那也只是文学形象，而非视觉形象，直到汉代，仙山才开始以视觉形象出现。

　　博山炉"为仙山的表现奠定了基本的图像志基础"。博山炉的传统自此从未断流，比如中国山水绘画，就是从仙山的形象中脱胎而出的，抽丝剥茧，一点点地弥漫成一代代画家笔下的云卷云舒、山高水长，山水画也几乎成了中国艺术中最为经典的艺术形式。对这些，汉武帝一定是没有想到的。

　　　　　　　　　　　　　　　　　　　（摘自《读者》2019年第8期）

# 英 珠

葛 亮

车进入日隆，已经是黄昏。

下了车，过来一个男人逐个办理预购门票。与我同行的陆卓顿时明白，先前苦心设计的自助旅行攻略已等同废纸。这个景区在两年内经过翻天覆地的商业洗礼，对于浪漫的个人探险者而言，已是好景不再。

手机的信号很弱，陆卓去了百米外的邮政所打电话，我一个人在附近逛。正看得仔细，听见有人轻轻地喊："帅哥。"

这声音有些生硬，由于轻，我并没有留意。直到听到她重复了一遍，我才回过头，看见一个藏族女孩，站在身后。

"帅哥。"她张了张口，又小声喊了一声，然后笑了，露出很白的牙齿。我问她："有事吗？"

她羞涩地笑了一下，走过来，可又退后一步，低声说："我刚才听到你们说话了。你们想去大海子，他们没办法带你们去的。"

我很快明白，她的意思是，这里最美的景点海子沟，是旅行社经营范围的盲区。因为地势险峻，道路崎岖，车没办法进去。但是她可以租借她的马给我们，带我们进沟。

说完这些，她低下头，好像很不好意思。我看到她的身后，站着两匹当地的矮马。

这其实是个好消息。陆卓回来听说后也很兴奋，我们很快便谈妥了：后天和藏族女孩一起上山。

她牵了马，却又走回来。我问："还有事吗？"

她便说："你们还没住下吧。这里的宾馆，哄人钱的。我们乡下人自己开的店，价钱公道，还有新鲜的牦牛肉吃。我帮你们介绍一个。"

大约最后一点对我和陆卓都有吸引力。我们点点头，跟她走了。

藏族女孩赶着两匹矮马，上坡的时候，还在马屁股上轻轻推一下。嘴上说："都是我的娃，大的叫银鬃，小的叫鱼肚。"

陆卓便笑着问："那你叫什么名字？"女孩说："我叫英珠。"

我们在一幢三层的小楼前停住。英珠喊了一声，音调抑扬，里面便有人应声。很快走出一个中年女人，招呼我们上去。

女人粗眉大眼，很活泛的样子。英珠说："这是瑞姐，这里的老板娘。"

瑞姐哈哈一笑，说："是，没有老板的老板娘。"她一边引我们进屋，一边说："我是汉人，从雅安嫁到这儿来的。"

屋里有个小姑娘擦着桌子，嬉笑着说："瑞姐当年是我们日隆的第一美人。"

瑞姐撩了一下额前的刘海儿，似乎有些享受这个评价，然后说："那还不是因为英珠嫁了出去。"

说完这句，她们却都沉默了。英珠低下头，又抬起来看我们，微笑得有些勉强。她说了声"你们先歇着"，就走出去了。

瑞姐看她走远了，打一下自己的脸，说："又多嘴了。"

我们随她进了房间。瑞姐将暖气开足，说到晚上会降温，被子要多盖点儿。

晚上我到了外头，见老板娘正在和人说话。

我转过身，这才看到和瑞姐讲话的人是英珠。她对我浅浅地鞠一个躬，从怀里掏出一个塑料袋子，伸手捧上来，说："送给你们吃。"

我接过来，里面是一些很小的苹果。我还没来得及道谢，英珠又浅浅低一下头，对老板娘说："我先走了。"

瑞姐看着她走远的背影，深深地叹了口气。然后转过脸对我说："小弟，你们拿准了要租英珠的马，可不要再变了啊。"

我说："不会变，我们说好了的。"

瑞姐说："她是不放心。听说你们明天要跟团去双桥沟，团里有镇上马队的人，她怕你再给他们说动了。良心话，英珠收得可真不算贵，就算是帮帮她。"

我点了点头。

第二天跟旅行团去双桥沟，导游叫阿旺，年轻的藏族汉子。到了沟尾的红杉林冰川，阿旺打听我们次日的行程。我说我们去海子沟。阿旺说那旅行团可去不了，不过他和镇上的马队熟得很，可以载我们去。

我说不用了，我们已经租了马。他就问我是跟谁租的。我想一下告诉他："英珠。"

阿旺冷冷地笑了笑，说："就那两个小驹子，到时候不知道是马驮人还是人驮马。"

回程的时候，天上突然下起冰雹，打在身上簌簌作响。接着飘起了雪，刚下了一会儿，气温便迅速地下降。回到旅馆的时候，我们的手脚都有些僵。

这时候，有人敲门，小心翼翼地。打开来，是英珠。

英珠冲我们点点头，将瑞姐拉到一边，轻轻地说了几句。瑞姐皱一皱眉头，她便拉一拉瑞姐的袖子，像是在恳求什么。

"这可怎么好？"瑞姐终于回过神来。英珠便将头低下去。

瑞姐再望向我们，满脸堆着笑。她对我说："小弟，看样子这雪，明天还得下，恐怕是小不了。"

我和陆卓都不作声，等她说下去。

她似乎也有些为难，但终于说了出来："英珠的意思是，你们能不能推迟一天去海子沟。天冷雪冻，英珠担心马岁口小，扛不住。"

陆卓着急地打断她："那可不成。我们后天下午就要坐车去成都，回香港的机票都买好了。"我也不知道该说什么。

英珠一直沉默着，这时候突然说了话，声音很轻，但我们都听见了。她说："这个生意我不做了。"

安静了几秒，陆卓的脸沉下来，语气也有些重："早知道就该答应那个阿旺。人家那边怎么说规模大一些，多点信用。"

瑞姐赶紧打起了圆场，说："什么不做，生意生意，和和气气。"又转过头对英珠使眼色，轻声说："妹子，到底是个畜生，将就一下，你以为拉到这两个客容易？"

英珠张了张嘴唇，想要说什么，但终于没有说出来，转身走了。

我一夜没睡。

第二天清早，瑞姐急急地敲我们的门，脸上有喜色，说雪住了。

装备齐整，她带着我们去找英珠。英珠就住在不远的坡上，两层的房子，不过从外头看清寒了些，灰蒙蒙的。碎石叠成的山墙裸在外面，依墙堆了半人高的马料。

瑞姐喊了一声，英珠迎出来。她笑了笑，引我们进门，说："就好了。"

进了厅堂，扑鼻的草腥气，再就看见两匹矮马，正低着头喝水。

瑞姐说："我们日隆整个镇子，唯独英珠把马养在二楼，和人住一层。"

英珠正拿木勺在马槽里拌料，听到瑞姐的话，很不好意思地说："天太冷了，还都是驹娃子，屋里头暖和些。"

备鞍的时候，过来个男人。看上去年纪不是很大，笑起来却显得很老相。英珠对我们说："这是我表弟，等会儿和我们一起上山。"

我问："怎么称呼？"英珠说："都叫他贡布索却。"

从长坪村入了沟，开初大家都挺兴奋。远山如黛，极目天舒，人也跟着心旷神怡起来。坐在马上，随着马的步伐，身体细微地颠动，很是适意。银鬃走在前面，看上去活泼些，轻快地一路小跑，走远几步，就回过头来，望着我们。

贡布说："它是等着弟娃呢。"

跟着银鬃的蹄印，鱼肚的步伐不禁有些乱。海拔高了，这小马呼出的气息结成白雾。英珠从包里掏出一条棉围脖，套在鱼肚的颈项上。围脖上绣了两个汉字——"金"和"卢"。

我问英珠这两个字的来由。她笑一笑，说："金是我的汉姓，我的汉名叫金月英，上学的时候都用这个。"

我问："那卢呢？"

她没有回答我。

当雪再次落下的时候，我们正走在青冈林泥泞的路上，几乎没有察觉。

直到天色暗沉下来，贡布抬头望了望天，说："坏了！"

我们遭遇了山里的雪暴。

雪如此迅速地弥漫开来，铺天盖地，密得令人窒息。英珠使劲地做着手势，示意我们下马。我们刚想说点什么，被她制止——稍一张口，雪立即混着风灌进喉咙。我们把重物放在马背上，顶风而行。雪很快地堆积，已经没过了脚背。

终于在半里外的地方，我们发现了一顶帐篷。这或许是某个登山队的废弃品，但对我们却如同天赐。

我们掀开门帘，看到里面已有两个人。是一对青年男女，靠坐在一起，神情颓唐。看到我们，他们的眼神十分警惕。在我们还犹豫的时候，男的说："进来吧。"

帐篷突然充盈了。英珠望望外面，对贡布说："让弟娃进来吧。"贡布出去牵了缰绳。鱼肚刚探进头，年轻男人大声地叫起来："马不能进来。"

英珠一愣，几秒钟后，她半站起来，对年轻男子深深鞠了一躬。我们听到她近乎哀求的声音："先生，它年岁很小，这么大的风雪……"

男人不再说话，将头偏到一边去。

我们静静地坐在帐篷里，听着外面呼啸的风声。"鬼天气！"青年男人恶狠狠地骂了句。

这成为陌生人之间对话的开始。于是我们知道：男的叫永，女的叫菁，从成都来，是和大部队失散的登山队员。

天光又暗淡了一些，已经快要看不见东西。永从旅行包里掏出一只应急灯，打开，电量已经不充足，蓝荧荧的光。忽闪着，鬼火似的。而风声似乎更烈了，我们明显感到温度在下降。我看见英珠卸下马鞍，将身上的军大衣脱下来，盖在鱼肚身上。

应急灯闪了一闪，突然灭了。帐篷里一片漆黑。在这突然的死寂里，我们看不到彼此，但都听到外面的风愈来愈大，几乎形成汹涌的声势。

有人啜泣。开始是隐忍而压抑的，渐渐地放肆起来。是菁。我们知道，她在用哭声抵抗恐惧。但在黑暗里，这只能令人绝望。

陆卓有些焦躁，开始抱怨。永终于大声地呵斥："哭什么哭，还没死呢！"然而，短暂的停歇过后，我们听到的是更大的哭声，几乎是歇斯底里。

这时候，有另一个声音响起来，极细弱的，是一个人在哼唱。是英珠，英珠用藏语唱起了一支歌谣。

我们听不懂歌谣的内容，但是辨得出是简单词句的轮回。旋律也很简单的，没有高潮，甚至也没有起伏，只是在这帐篷里萦绕，回环，在我们心上触碰一下，又触碰一下。

我们都安静下来，什么都看不见，什么也听不见，除了歌声。我在这歌声里睡着了。

醒来的时候，天已经大亮。看见阳光从帐篷的间隙照射下来，温润清澈。

眼前的人是英珠，她靠在马鞍上，还没有醒。挨着她的鱼肚，老老实实地裹在主人的军大衣里。它忽闪了一下眼睛，望着我。

我这才看到，英珠穿的不是初见她时颜色暗浊的衣服，而是仿佛节日时才上身的华丽藏袍。黑色绒底袖子，红白相间的腰带。裙是金色的，上面有粉绿两种丝线绣成的茂盛的百合。

我在包里翻了翻，掏出在镇上买的明信片——大雪覆盖的巴朗山，又找出一支铅笔头。在明信片的背面，我画下了眼前的英珠。

鱼肚低下头，舔舔主人的脸。英珠揉了揉眼睛。

　　她发现我正在画她，不好意思地低下头，撩一下额前的头发，拉了拉藏袍的袖子。她笑一笑，说："有的客人喜欢在山上拍照，我也算是个景。"

　　临近中午的时候，我们到达目的地。看到了墨蓝色的大海子，很美。

　　我们离开日隆时，瑞姐送我们去车站。问起英珠，瑞姐说，英珠回来就发烧了，给送到镇上的医院去了。

　　"唉，这么冷，大衣盖在个畜生身上。"瑞姐叹一口气，"人都烧糊涂了，只管叫她男人的名字。"

　　我突然想起什么，问道："她男人是姓卢吗？"

　　瑞姐愣一下，说："是啊。三年前的事了。两口子本来好好地在成都做生意，她男人说要帮她家乡搞旅游，要实地考察，就跟我们一个后生上了山。那天雪大的，马失了蹄，连人带马一起滚沟里了。精精神神的人，说没就没了。那马那会儿才下了驹没多久，驹娃子就是鱼肚。"

　　大约是又过了几年吧。极偶然地，我从一位民歌歌手那里，问到了当年英珠在山上唱起的那支藏歌。

　　歌词真的简单，只有四句：当雄鹰飞过的时候，雪山不再是从前的模样，因为它那翅膀的阴影，曾经抚在了石头的上面。

（摘自《读者》2018年第6期）

# 香菱学诗

李 蕾

有一天，黛玉问香菱：你读了那些诗，可领略了些滋味没有？

香菱说：我倒领略了些滋味，不知是与不是，说与你听听。

香菱讲了一首什么诗呢？就是王维的《使至塞上》。她举了我们都很熟悉的句子："大漠孤烟直，长河落日圆。"

香菱是怎样解读的呢？

她说：想来烟如何直？日自然是圆的。这"直"字似乎无理，"圆"字又似乎太俗。可是合上书一想，倒像是见了这景似的，若说再找两个字换这两个字，竟找不出来。

我看到这一段，一方面真替香菱开心，真是痛快！你看，她已经很懂这首诗了，她的心中已经有诗情、有诗意了，对不对？

另一方面又觉得心酸。你看这个女孩，她就像是一只漂亮的、稀罕的小鸟，那么娇嫩。可是她被粗暴地关在笼子里面，一辈子都没有机会到塞上去看大自然如何壮阔。

可是当她真的读懂了这首诗，她会说，合上书一想，倒像是见了这景。"大漠孤烟直，长河落日圆"，那种生命中的壮阔就在她眼前，立刻，我感动得眼圈都红了。

我觉得，就是这样一个孤苦的女子，活得那么艰辛，可是她看得到。她看得到她一辈子都去不了的地方，她心里的向往是那么强烈。

所以后来大观园里的人都看到香菱在作诗，有的时候是在池边、树下，有的时候是坐在石头上出神发呆，或者蹲在地上抠土。

有人会觉得，这就是一个呆子嘛，像个神经病一样，一会儿皱眉、一会儿含笑的。李纨、探春、宝钗这些人都远远地站在山坡上，看着香菱在笑。这个时候宝玉就发出了一声感叹，宝玉说了什么呢？

他说：我们成日感叹说，可惜她这么个人竟俗了，谁知会有今日，可见天地生人至公。

这句话是什么意思呢？就是宝玉第一次看到香菱的时候，觉得这个女孩子长得很好，非常清秀，而且很脱俗，他觉得这是一个有灵气的女孩。

可是她偏偏被卖来卖去，又跟了薛蟠这样的人，不被珍惜。所以宝玉就感叹，香菱这个人好命苦，竟然跟这些俗物混在一起，再也拔不出来了。

结果意外看到香菱学诗，宝玉就感慨：谁知会有今日，可见天地生人至公。就是说，老天生下这个人，就不会白白给了她这副皮囊，白白给了她这个性情，总要给她一点甜头，让她看到她生命中精彩的部分，这才是这个人被造出来的意义。

所以看了这句话，我们也就了解了宝玉。宝玉当然有他各种各样的问题，他有时候有点皮，有时候又"贱贱"的，他还很懦弱，但他偏偏是非常尊重这些女孩的。

　　他看得到这些女孩子身上的好，也特别体贴这些女孩子。这个时候宝玉是真心为这个人感到高兴，他觉得香菱只有在作诗的时候，才是老天对她最公平的时候。

　　所以，也就是在香菱作诗的时候，我们可以看到香菱这个从来没有被人珍惜、没有被人重视过的女孩，她终于在学着写诗、读诗的过程中找到了自己的价值。

　　她从前被别人卖来卖去时，从来也不会觉得自己被爱着。可是现在她爱诗，她的生命中就有了一个很大的寄托，别人看她也会觉得，这个女子终究是很特别的。

　　我有的时候会想，我们每个人都曾经是香菱吧？总有那么一刻，我们会觉得别人不理解我们，没有人来告诉我们：你是有价值的，你是光芒万丈的，你是可以做到的。

　　那真是生命中很难熬的时刻。

　　可是安全感这件事，如果我们把它寄托在别人身上，人家可能转身就走。如果我们把它寄托在财富上，财富也是会失去的。甚至我们把它寄托在健康上，健康也会被一再挑战。

　　所以有的时候，我们会觉得生命就是一次一次的退而求其次。就像亦舒在《喜宝》里说的那样：我要很多很多的爱，如果没有，那么我要很多很多的钱，如果没有，那么有健康也是好的。

　　听到这句话，可能很多人会感到深深的无奈，但是去看看《红楼梦》里香菱的故事，你就会知道，香菱比喜宝厉害得多。

　　当她作诗的时候，她是自己肯定了自己的价值，她不需要薛蟠来爱她。她虽然忘记了自己的父母究竟是谁，但是她不畏惧等待她的叵测的命运。

在这一刻，她非常满足，她痴迷于自己的世界，她甚至可以看到大漠孤烟直。

我曾经读到一个故事，说在古印度有一个王子，他很小的时候就被赶出了家乡，一个住在森林里的人收养了他，他就在森林里长大。所以这个王子一直认为自己属于这个原始的民族，他就是那个打猎、裸着上身跳来跳去、用刀子来割肉吃的民族的一部分。

后来他的父亲，就是那个国王，派一位大臣四处寻找，终于找到了他。大臣告诉他：你的真实身份是一个王子。从这个时候开始，王子才知道：原来我是另一种人。

这个故事被梭罗写在他的一本书里，梭罗是怎么理解的呢？

梭罗说，我们的灵魂会因为所处环境的影响，弄错自己的身份，直到有一个神圣的人为你揭示真相，你才会知道自己究竟是谁。

我在想，这是一个多么重要的故事。我们就像是香菱，陷在生活当中，可是生活有的时候把我们带到好的地方，有的时候把我们带到坏的地方，所以我们常常会弄错自己的身份。

当我们在不好的境遇里时，我们会觉得自己很弱小，无能为力。但当我们在命运的高处时，又会得意扬扬，忘记风险。

直到有一天，有那么一个人，或者有那么一件事，甚至就只是一首诗，它成为你的动力。你真的迷恋它，真的渴望它，那它就会为你揭示真相，让你知道自己是谁。

那个陷在诗的境界里的香菱，她不是被人贩子拐卖的幼女，也不是被一个不解风情的男人无情蹂躏的红颜。在诗的意境里，她甚至不关心自己的未来究竟会如何，那些人生中的经历可以是支离破碎的。

香菱在学写诗的时候，是为自己做了一个决定，就是看到自己的人生原本就很重要。自己的爱是有寄托的，它可以实现。

（摘自《读者》2021年第8期）

# 走遍故宫 9371 间房屋的人

度公子

94岁的黄永玉上台给单霁翔颁奖。来之前，他特意写了一幅字，带给这位比自己小30岁的故宫博物院院长。

这是12月15日"影响中国"2018年度人物荣誉盛典上的一幕。故宫博物院院长单霁翔获得"年度文化人物"。主持人董卿形容这位64岁的院长："终日奔波苦，一刻不得闲。"

2012年年初，故宫正处低潮。58岁的单霁翔临危受命，接到调令，被任命为故宫博物院院长。他曾以为国家文物局局长是他的"最后一站"，没想到最后一岗是来故宫"看门儿"。

早在20世纪80年代，清华建筑系出身的单霁翔还在教授建筑史，所以经常在周末领着年幼的儿子，到故宫里拍建筑。不曾料到几十年后，自己竟成为故宫的"看门人"。

上任伊始，单霁翔穿着一双老布鞋，带着助理周高亮，两个人花了5个月时间，绕着故宫走了一圈儿。故宫的1200座建筑，9371间古建，凡是有门的都要推开看一看，光是鞋就磨坏了20多双。

故宫收藏着众多文物，鲜有人能够将其数得一清二楚，但单霁翔做到了。他可以将文物数量精确到个位数：1862690件（套）。这是2016年年底的数据。

没有人知道，为了能理直气壮地说出这句话，单霁翔和工作人员付出了多少。

故宫馆址宏大，但70%的区域竖起了"非开放区，观众止步"的牌子；故宫藏品多，但"90%的藏品都沉睡在库房里，谁都看不见"；故宫观众多，但80%的观众进了故宫就只看看皇帝上朝、睡觉、结婚的地方，压根儿没把故宫当一座博物馆看待。

"究竟什么是最重要的？那些世界之最吗？"单霁翔自问自答。可要真正做到一切工作"不以管理方便为中心，而以游客方便为中心"，对故宫来说，无异于"一场管理革命"。

"革命"从"装点门面"开始。

6年前，故宫里专供游客休息的座椅不足，游客只能坐在石头上、屋檐下、御花园的栏杆上。单霁翔一看急了：还能不能让大家有尊严地休息了？他决定增设休息座椅：要结实，要坐着舒服，要跟周围环境协调，椅子底下要便于清扫……这一箩筐要求，最后做成的实木座椅一把要3500块钱。可单霁翔不心疼钱，在端门广场火速安置了200把椅子、56组树凳。

针对女士上洗手间经常要排很长的队的问题，他和故宫的工作团队进行了研究，得出一个结论：女士洗手间的数量应该是男士洗手间数量的2.6倍。为此，故宫对洗手间进行了调整，甚至将一个职工食堂也改造成洗手间，排长队上厕所自此成了历史。

这些仅仅是故宫改善游客体验的小小例子。单霁翔认为，故宫博物院不仅要关注文化遗产保护，更应关注游客的需求，注重公益性和人性化的细节设计，让游客有尊严。

午门是故宫博物院的正门，以前3个门洞中，中间的门洞专为接待贵宾车队所用，因而时常紧闭，而两侧的门洞前每天排满了游客。单霁翔觉得这"很不合理"，便打算把3个门洞都向游客开放。但有关部门反对，"贵宾开车进故宫是几十年的礼遇，不能换了一个院长，礼遇都不要了"。"那英国白金汉宫、法国凡尔赛宫、日本皇居，这些曾经的帝王居所今天也都对公众开放，那些地方车队就不能开进去。"单霁翔据理力争。最终，故宫在2013年年初发布公告：故宫开放区内再不允许机动车驶入。

2013年4月，法国总统奥朗德参访故宫，成为近几十年来第一位步行进入故宫的贵宾。奥朗德来故宫参观，单霁翔提前到了午门，发现安保人员已经就位，很明显是准备为车队开门的架势。

单霁翔让人把午门关起来，安保人员立马跟他急了。单霁翔正色说："这是世界文化遗产，不能破坏！"安保人员向上报告，等了3分钟，等来了撤走的指示。

车队来了，单霁翔站在午门前迎接，奥朗德下车，一路步行参观了这组世界上现存规模最大、保存最为完整的古建筑群。

后来有一次，故宫午门外，一位来自东北的老大爷认出了单霁翔，提出要求："我这辈子就来一次故宫，我想走中间的门，当一次'皇帝'。"

如此令人哭笑不得的要求，单霁翔却当真了：午门3个门洞第一次全部打开。"让游客自由选择，想当皇帝当皇帝，想当大臣当大臣。"这就是一心想让故宫充满人情味的单霁翔，不为权贵折腰，尊重每一个人的合理需求。

2013年，单霁翔提出"开放区不允许有垃圾"。他看到垃圾，亲自弯腰去捡；砖石缝里有烟头，他就亲手去抠。弯腰俯身，是工作人员对单霁翔最深刻的印象。捡垃圾这些"小事"，在故宫博物院院长单霁翔看来，都是必须且紧迫要做的事。在他眼里，只要是与维护文物生态有关的，就得"有令即行、有禁即止"。

我们如今看到的一座座精美绝伦的宫殿，是单霁翔"不顾形象""哭"来的。

建立雕塑馆之前，故宫的1万多件雕塑大多"沉睡"在库房里，其中有一尊3.5米高的北齐时期的菩萨像，过去几十年都立在墙根儿底下。单霁翔路过时总说："你瞧，咱们这菩萨脸色都不好。"

单霁翔第一次进库房时，被躺在台阶底下的兵马俑吓了一跳。眼看兵马俑被一堆海绵围着，他正色道："这不行，我们得赶快保养。文物必须有尊严。"随着雕塑馆、古建馆等专馆的设立，午门及东西雁翅楼展厅的开辟，越来越多的文物得以妥善安置和展出。

2016年年底，故宫公布的馆藏数量为1862690件（套）。一般的博物馆，珍贵文物占总藏品的5%~10%已经很了不起了，但故宫珍贵文物的占比是93.2%。随着一栋栋古建筑被修好，故宫的开放区从过去的30%增加到2015年的60%，2017年达到了80%。

单霁翔希望两年以后，故宫开放区能达到85.02%。"文物从来不是尘封的古董。要让故宫充分发挥博物馆的价值。"

几年前，单霁翔趁着会议还没开始，特意跑到台下问记者："萌，是什么意思？"大家乐了。单霁翔担任故宫"掌门人"期间，故宫博物院通过"花式卖萌"吸引眼球。

印象中严肃的历史人物，雍正帝、鳌拜等集体卖萌；幽默搞笑的崇祯帝的生平故事，竟然是销售广告。

故宫正在通过自己的方式，悄悄地将中华文明的印章刻在孩子们的心里。

当日落西山的时候，望着故宫，单霁翔心底就漫出一种静静守护故宫的幸福。"我退休以后，想来故宫当一名志愿者，希望面试官到时候手下留情。"多年的努力，故宫不再是高傲威严的紫禁城，而是一座富于生活气息的博物馆。

人们对故宫的喜欢不仅因为这儿最著名，更是因为在这儿，时光千年流淌，山河璀璨如星。

（摘自《读者》2019年第22期）

# 秦琼卖马

谈　歌

民国二十二年（1933年）立秋这一天的下午，保定城淹没在一片知了的鸣叫声中。一辆人力三轮车停在保定西大街艺园斋的门前。一个身着灰布大褂的中年汉子提着一个柳条箱下了三轮车，付了车钱，提着箱子进了店门。伙计杨三忙脸上堆着笑迎上来，给汉子让座沏茶。

汉子接过茶碗说了一句："我找韩定宝先生。"杨三怔了一下，低声答道："回先生的话，韩老板已经去世三年多了。"汉子惊了："什么？"手里的茶碗险些跌落。杨三又道："现在艺园斋的老板是杨成岳先生。"汉子愣了片刻，缓声道："我是北京王超杰，我想见一见杨老板。"说着，就从兜里取出一张名片递给杨三。

王超杰，人称北方铁嗓，专攻老生，原住北京，后移居天津。王超杰平生喜好收藏官窑彩瓷，凡遇喜爱之物，不惜重金购买。

民国十八年（1929年），王超杰患了中风，病愈后，左腿不利落，便不再登台，收入顿减，家境由此衰落。无奈之下，他便带着上好的瓷器来到保定艺园斋，想卖给早年相熟的艺园斋老板韩定宝。不料韩定宝已经故去三年了，王超杰唏嘘不已，感慨人生无常。

不一会儿，杨三引出一个壮年男人。王超杰打量那男人，瘦长脸，浓眉细目大高个儿，穿一件洋布大褂。那男人拱手道："王先生，幸会。我是艺园斋老板杨成岳。"王超杰起身拱手，二人相对而坐。杨成岳笑道："不想王先生能来保定，真是保定票界之荣光啊。早年曾听过王先生的大戏，今日竟有缘在此相见。"王超杰笑笑："这么说，杨老板也是门里人了？"杨成岳笑道："不瞒王先生，杨某也是票友，不过云泥有别，不敢与王先生坐而论道。"王超杰摆手笑道："杨老板过谦了，门里门外从无高低之别，所谓百步之内必有芳草，并非虚言啊。"杨成岳笑了："王先生过谦了。"说完这句，杨成岳便问："不知王先生到保定有何贵干？"王超杰笑道："此来真有一件事情相烦。王某有件瓷器，想请杨先生鉴赏，不知杨先生有无兴致？"杨成岳点头："不知道王先生手前是否方便？"王超杰道："王某此番已经带来，就与杨老板接洽。"说着，打开柳条箱，取出盘子，放在桌案上。门外的阳光扑进来，盘子在阳光下灿烂非常。

杨成岳凑近细看，看了半刻，便向王超杰点头微笑。王超杰笑道："这是我多年前从一个落魄商家手里收购而来，地道上品，还请杨老板说个价钱。"杨成岳问："此乃王先生心爱之物，何故出手呢？"王超杰长叹一声："实不相瞒，此物确是我心爱珍藏，无奈为生计所迫，只好出手，还望杨老板成全。"杨成岳稍稍思考，点头笑笑："本店做的是小本生意，自我从韩老板手里盘下这店，还不曾赚多少。王先生这只盘子十分珍贵，杨某有心无力，实在不好言价，还请王先生体谅。"王超杰脸上滑过一丝失望，摇头道："这确是珍品，若非王某手面尴尬，断不会出手。"杨成岳又笑笑："买卖不成仁义在，容我再想想。今日王先生先住下。"王超杰起身告辞，杨成岳却一再留他吃饭。王超杰推却不下，便随杨成岳去了保定望湖楼。

吃过饭，杨成岳找了一家上等客栈，并与店家讲好，王超杰的店钱饭钱都由艺园斋支付。王超杰立时觉得杨成岳为人十分豪爽。

王超杰来保定的消息很快传开。一连几天，不少过去相熟的老票友东请西宴，很是热闹。住在保定的名琴师张小武得知消息，便扯上杨成岳找王超杰谈戏。谈了两回，彼此十分投机得趣。

这一天，张小武做东，请王超杰和杨成岳吃酒。酒过三巡，三人话便多了起来，谈起当年王超杰和韩定宝一同登台的事，恍如隔世，都十分感慨。杨成岳笑道："王先生，当年听您一出戏可真是不易，一张票要卖十五块大洋。今天能面对面与您谈戏，真乃人生一大幸事啊。"王超杰摆手笑道："过眼烟云，我王超杰当年何曾把钱当作一回事，想不到今日也要靠典当家底过活了。真是此一时彼一时，不堪回首啊。"张小武笑道："先生现在还溜嗓子吗？"王超杰笑道："无事时唱唱，真是不似以前了，好汉不提当年勇啊。"杨成岳摆手："王先生莫要客气，我听您的《定军山》，正宗谭派，胜过谭五爷。"王超杰大笑："取笑了，取笑了。我那是邯郸学步。"张小武笑道："今日何不乘兴让超杰先生唱上几段，一饱我二人耳福呢？"王超杰摇头叹道："嗓子不似当年，别唱败了二位雅兴。吃酒吃酒。"张小武笑道："超杰先生怎么学会拿糖了呢？"王超杰一怔，哈哈笑了："如此说，我今日定要出乖露丑了。"杨成岳笑道："小武先生操琴，超杰先生来上一段，杨某可一饱耳福了。"王超杰笑道："二位想听，超杰嗓子也作痒了，那我就清唱几句吧。"张小武忙摆手："不行不行。

超杰先生要唱,取我的胡琴来。"就让下人去取胡琴。

王超杰吸了口水烟,"啊呀"了几声,亮了一下嗓子,唱了一句:"听他言吓得我心惊胆怕……"张小武就拊掌笑道:"我可是亲眼见亲耳听过谭五爷唱的这出戏。您唱得真好,合眼听,跟谭五爷一样。"王超杰忙摆手:"莫取笑。"下人这时已将胡琴取来。王超杰对着张小武的胡琴定了音。胡琴响起,王超杰就唱起来:"店主东拉过了黄骠马,不由得秦叔宝珠泪洒下,提起了此马来历大,兵部堂王大人相赠予咱……"一曲唱罢,王超杰只是摆手:"真是不及了,不及了哟!"

杨成岳击掌叫好。张小武收住胡琴笑道:"王先生此唱好比三伏天吃脆沙瓤西瓜,解渴得很啊。"杨成岳点头道:"珠泪洒下,比原先的两泪如麻好。王先生改得好,唱得也字正腔圆。小武兄的胡琴托腔,过门严丝合缝,悦耳啊。只是唱得稍稍悲凉了些,壮气不足。秦叔宝盖世英雄,虽一时落魄,壮志不减才对。"

王超杰笑道:"杨老板真是研究到家了。只是秦叔宝到了那时,真是一分钱难死英雄汉,壮志不减也得减了。那店家追在屁股后边讨账,秦叔宝还能有什么壮气?如果真唱出壮气来,岂不是傻气了吗?那时,他毕竟不知道后边单雄信能出来啊。"三人都笑了。杨成岳点头道:"还是王先生讲得入理。"说笑了几句,王超杰笑道:"超杰此次来保定不是卖马,而是来卖瓷器。只可惜杨老板不肯成交啊。"杨成岳摇头笑道:"非杨某不肯成交,只是这盘子是王先生心爱之物,一定索价不菲,杨某自然不敢盘价了。王先生还要原谅杨某店小利薄,接不下这个宝贝。"

张小武皱眉道:"成岳,今日说到这里,我就要讲几句了。超杰先生这笔生意,你若不做,就是你的不对了,现在超杰先生有求于你,也恰似当年秦叔宝卖马啊。你何不让些利润成全他,直似做一回单雄信了。"

杨成岳沉吟了一下："既然小武兄话讲到这般地步，王先生，这样好不好，您将那件东西拿来，我再看看。买卖这种事，我们都要过得去才好。"王超杰笑道："正是。"

不多时，王超杰拿来柳条箱，打开，取出那只盘子。张小武看过笑道："我只是觉得好看，却不懂。俗话说，外行看热闹，我却是连热闹也看不出了。这与饭店里吃饭的盘子何异？"杨成岳笑道："小武兄莫要取笑。"王超杰道："这是雍正官窑粉彩过枝桃纹大盘。"张小武"呀"了一声："真正是古董呢。"杨成岳含笑不语。王超杰在一旁介绍说："这盘子画工精细，色彩淡雅，青花双圈楷书款，大清雍正年制，不会错的。我当年在天津南市得来也的确不易，那个落魄商人若非急于用钱，断不会让与我的。"杨成岳饮一口茶，粲然一笑："王先生既然一定要卖，杨某就请王先生说一句落底的话，您至少要卖多少钱。"王超杰笑道："一只盘子五百块大洋总是值的吧。我不会再让价的。"杨成岳笑道："再便宜些才好。"王超杰笑道："都道无商不奸，成岳兄，你果然精细到家了。我这东西是宝贝，不言二价。五百就是五百。若不是我手面一时窄了，一千大洋也不肯卖。"杨成岳想了想，击掌笑道："那好，明天你拿着这盘子到我店里去，我们当面钱货两讫。"

第二天，太阳高照的时候，王超杰带着箱子去了艺园斋。进了店门，见张小武和杨成岳已经等在那里。王超杰笑道："二位摆好功架，是否还要我再唱上一段助兴。"杨成岳击掌大笑："王先生猜了个正着，正是此意。"张小武已经将胡琴操起。王超杰想了想，就说："今日唱一段《乌盆记》吧。"张小武点头。杨成岳喊好。胡琴响起，王超杰唱起："未曾开言两泪汪，尊一声太爷听端详，家住在南阳太平庄，姓刘名安字世昌，奉母之命京都上，贩卖绸缎转还乡，行至定远大雨降，借宿避雨惹祸殃，那赵大夫妻图财害命，我主仆把命丧，还望太爷做主张。"杨成岳击掌叫好。

张小武叹道："我为许多名票拉过琴，今日真是大大地过了一把瘾。真是字正腔圆，好！"王超杰笑道："唱过了，就请成岳先生过目吧。"接着，他打开箱子。杨成岳喊过伙计杨三，将盘子放到柜子上。杨成岳让账房取过一箱大洋，笑道："超杰先生，清点一下。这是五百大洋。"王超杰摆手道："不必，不必。"杨成岳让杨三封好箱子。王超杰起身拱手道："事情已经办妥，我今日就走了。我出来时间已经太久，怕家里人惦记。"张小武露出依依不舍的表情："此一别，不知王先生何时再来。"王超杰看看二人，笑道："若吃不起饭，真是要再来的。"

杨成岳含笑不语，目光却也有些缠绵了。王超杰告辞出门。一辆马车正等在街上。王超杰上了车，三人拱手告别。杨成岳喊了一声："王先生一路平安。"王超杰听出杨成岳声音微微发颤，心里一热，眼睛就酸了。车夫清脆地挥了一鞭，那马车便踏着街上的青石板，响亮地去了。杨成岳和张小武直到看不见王超杰，才转身进了店里。

杨成岳盯着那摆在柜子上的瓷盘发呆。张小武笑道："成岳，你能赚多少？"杨成岳一笑："你说呢？"张小武摆手："我真是外行，但我知道你是生意人，定是要赚一些的。"杨成岳微微点头，猛一挥手，那瓷盘竟被扫落，摔在地上，碎了。张小武大吃一惊："成岳兄，你这是为何……"杨成岳叹道："小武兄，请随我来。"张小武怔怔地随杨成岳进了里屋，只见里屋的货架上有几只一模一样的盘子。张小武吃惊道："成岳兄，这……"杨成岳叹道："小武兄，这才是真的。"张小武结舌道："你是说，超杰先生带来的，是赝品……"杨成岳道："正是，可惜超杰先生竟被人欺哄，这东西顶多值几吊钱。我看出王先生珍爱此物，便不好说破，谁知他一味强卖，我也只好装痴作呆了。"说罢，杨成岳长叹一声。张小武皱眉道："那五百大洋……"杨成岳凄然一笑："我们一共听了超杰先生两出戏，也值这个数了。钱这东西，生不带来，死不带去，送与王先生，也算是用在了该去处。"太阳射进来，碎瓷片闪着刺目的光。杨成岳长叹一声，泪水就湿了满眼。张小武默然无语，转身要走。杨成岳喊住他："小武兄，何不操琴，我今天真是嗓子作痒了。"张小武怔了一下，入座，操起琴。杨成岳用苍凉的嗓音唱道："一轮明月照窗前，愁人心中似箭穿，实指望到吴国借兵回转，怎奈昭关有阻拦……"琴声如泣如诉，让人听得心如刀割。琴音滚滚，如风似雨，张小武把胡琴拉得如痴如醉，杨成岳直唱得泪流满面。

门外已经是秋风一片。

（摘自《读者》2021年第17期）

# 月光下的母亲

何君华

我跟陈老师说，我母亲病了，我要回去看她。陈老师同意了。

陈老师不可能不同意。因为现在已是下午5点，我在县中学寄宿，我家离学校有30多里。这个时候来请假，想必我母亲病得很重。

我不是一个好学生，我撒了谎。我母亲根本没病，我是饿了，或者说是馋了。学校食堂的饭太难吃了，天天吃咸菜，顿顿吃腌萝卜，我都吃腻了，我要回去吃一碗我母亲做的鸡蛋手擀面。

我最爱吃母亲做的鸡蛋手擀面了。我们学校只有在每月月底两天放假，其他时间学生都在学校寄宿。每个月上学的那天清晨，母亲都会为我做一碗鸡蛋手擀面。上学太没意思了，如果不是这碗鸡蛋手擀面，我想我一天学也不愿上。

我坐最后一趟班车到镇上，镇上已经没有机动车的影子，我只好徒步回家。

天上的月亮真大，地上一个行人也没有。我走啊走，肚子饿得发慌，心里只盼着早点吃到母亲做的鸡蛋手擀面，步伐便愈来愈快。

走到四流山时，我借着月光看见我们村打谷场上有一个人影。那人正奋力地在木桶上抽打着成垛的麦子。

那时，我们那里还没有脱粒机这样的农用机械，即便有也没人用得起，家家户户都是这样手工脱粒。这种脱粒方式速度慢、效率低，要赶在入秋时将全部的谷子脱粒归仓，实在是一项顶耗时费力的大工程，但即便如此，也从来没听说过有人连夜赶着脱粒的。

我在心里嘀咕，是谁这么晚还在干活儿呢，心下突然有一种不好的预感。

我加快步伐走到家门口，赶紧用手摸门。我的手摸到了一把铁锁。我知道，打谷场上的人不是别人。

我哭了。

还能是谁呢？别人家都是夫妻二人一起赶工，我父亲在浙江打工，家里家外的活儿只有母亲一个人干，除了她还能是谁呢？

我哭了，号啕大哭。

母亲做的鸡蛋手擀面好吃，她自己却从来舍不得吃一碗。母亲就这样舍不得吃，舍不得穿，还要没日没夜地干活供我上学……等哭完，我没拿钥匙开门，也没去打谷场喊母亲，而是扭头往学校的方向走去，鸡蛋手擀面也被我全然抛到脑后。

我知道路上肯定没有车了，只能徒步回学校，就算这样，我也决计不回头。

茫茫月光下，乡村公路上阒寂无人，我一个人赶夜路，却没有感到一丝害怕。我徒步30多里路回到学校时，天已经大亮。

陈老师关切地问我母亲的病怎样了，我说我母亲没病，是我病了。说着，我的眼泪又不争气地落下来，怎么也止不住。

陈老师不明所以地看着我，想问我为什么哭，但似乎很快明白了什么。他终于没开口，只是轻轻地拍了拍我的肩膀。

我知道，我该收起自己的娇贵病，也该认真学习了。

从昨晚到今晨一粒米没进，但我一点儿也不觉得饿，我径直向教室走去。

我以前只知道有人冒着毒辣的阳光干活儿；那一晚，我知道，也有人顶着月光干活儿。

（摘自《读者》2021年第21期）

# 互联网公司的技术战"疫"及格了吗

大绵羊

谈及中国科技大发展，人们总会不吝赞美互联网这个"三好学生"。但盛名之下，互联网是否如人们所见、所想、所希望的那么神乎其技？2019年年末突如其来的新冠肺炎疫情是枚试金石。互联网公司捐款捐物固然好，但已无法满足人们的"技术想象"。直面疫情，互联网公司到底能做点什么？

## 神乎其技，考之以疫

直到今天，控制疫情的最好方式依然是简单的物理隔离，其本质是切断"关系链"。与之类似，绝大多数互联网公司的商业模式也是在"关系链"上做文章——服务于分散在一个个终端设备前的独立用户。因此控制疫情与互联网可谓一拍即合。

互联网公司在抗击疫情中出钱出力，为抗疫提供服务，但这与医疗机构的工作有本质区别。他们拿出的"新技术"是否真正有利于疫情防控？

## 用最多的数据，造最像的平台

百度地图、高德地图和腾讯地图这3款 App，均在首页的显眼位置增加了"疫情播报"入口。3家公司与卫健委等机构进行数据合作，除了实时更新各地疫情详细数据，还统一配备了同城查询、发热门诊查询等功能。

但是，大数据仅仅是一个高效的信息提供者，数据平台既不能消灭病毒，也不能阻断病毒感染，所能起到的作用无非是提醒用户"疫情就在身边"，在紧张的气氛里做好个人防护。

在云计算方面，首先响应的依然是 BAT（指百度、阿里巴巴、腾讯这3家互联网公司）。2020年1月29日，阿里巴巴、百度、腾讯先后向研究机构开放云计算算力，以支持病毒的基因测序和突变预测、新药的筛选和研发等工作。但在抗疫领域初次介入的云计算，只能起到辅助作用，真正起作用的还是生物技术公司。

## 确定的体温，不确定的隐私

国家工信部、科技部等相关部门和组织向社会征集"红外测温"相关的 AI（人工智能）技术方案，以应对年后的返程高峰。百度、旷视、商汤、三零凯天等公司均推出了相应的解决方案。

这些技术真的很先进，但体温检测只能作为基础的大规模防治方法。

AI测温技术在交通枢纽上的应用，最多也只能算是一种辅助手段，帮助寻找极少数已经有发热症状的病人。

而在疫情面前，隐私成了防控疫情的另外一个问题。因为涉及严格、复杂的隔离检查程序，以及疫情管理需要考虑的"密切接触者"，隐私问题顺着社会关系链条进一步扩大，变得更加复杂。

## AI读片系统

新冠肺炎疫情发生以来，核酸检测与CT检查的"确诊标准"之争引人瞩目。互联网公司无法生产核酸试剂盒，也不能生产CT机，但可以在解读CT影像方面做点文章。

2020年2月10日，华为云宣布开发出针对新冠肺炎的AI辅助诊断服务，几秒内即可生成读片结果；5天后，阿里云也推出同类产品，宣称准确率达96%。

AI读片能有多快并不是读片系统的关键，放射科医生更关心的是AI读片到底准不准。新冠肺炎是种急病，但AI学习往往需要慢工出细活。

事实上，在影像科工作流程中，AI能做到的是第一步——筛查工作，找出可能出现问题的影像细节，后续的解读仍然需要影像科医生来做。

## 机器人和无人车

为了减少医务工作者与患者不必要的接触，尽可能避免意外感染，自动化的智能硬件是不错的替代品。越来越多的医院用上了互联网公司开发的智能机器人。

在这次疫情中，较早将智能机器人应用在医疗机构的公司是猎豹移动和达闼科技。前者的机器人可代替人工进行导诊，对病人进行初步诊疗，甚至作为沟通中介帮助医生实现远程诊疗，避免医护人员与病患直接接触；后者的机器人可代替医护人员完成远程看护、测量体温、消毒、清洁和送药的工作，并对突发情况进行预警。

从功能来看，两家公司的医疗机器人有望解放不少需要大量接触病患的基层医务工作者，替代一些不需要太多专业技能的导诊、测温、送药、消毒等基础工作，但也只能这样"打打下手"，充其量是"服务型机器人"。

无人车与机器人在疫情中的作用类似：我们希望它替代人类，在疫区做更多工作，以减少工作人员和易感人群感染的机会。但在实际使用中，这些设备能用在哪里？取代多少人的工作？设备的维护与消毒成本有多少？这些还需进行综合评估。同时，我们也需要评估其是否有不利于正常防疫工作的风险。

## 抗疫一线不是互联网公司的主战场

无论是花样百出的 AI 测温，还是5G "赋能"的无人车，互联网技术在抗疫中所能做到的，是利用其先天优势，在"链条关系"上做文章——但也仅限于此，它们只能在"切断新冠肺炎传播途径"上敲敲边鼓。而随着更多的企业复工，病毒潜伏期延长，这些所谓的"高端技术"也显得日渐无趣且无用。

在根除传染病上，目前我们无法指望互联网公司拿出什么硬核技术，它们现有的技术甚至很难直接参与到疾病的治疗环节。即便是云计算，能起到的作用也止步于新冠病毒测序和预测突变。在寻找、研制针对新冠病毒的特效药和广谱疫苗方面，互联网公司的作用仍然十分有限。

术业有专攻，不能强求互联网公司具备生物医药公司那种实力。

绝大多数互联网公司在抗疫中拿出压箱底的技术，本意是为了使人们免受病痛之苦，但善意不等于正确，善意不等于有效。更何况，不少互联网公司对常规技术做过度包装，趁着疫情"怒刷"存在感。相比之下，不在正面战场刷存在感，而在大后方开辟新战场，以实力维持人们正常生活的互联网公司，更值得尊敬。

比起2003年的"非典"时期，如今的互联网公司已经有了当时无法企及的完备供应链和物流，实时的信息传播平台，全套的网上服务和在线办公、在线教育系统。这些"即使无法复工、复学也能运行的技术"，正是"非典"时期的互联网公司不具备的优势。

互联网公司能让疫情好转吗？会的，只不过慢一些罢了。

"阿玛拉定律"这样说：我们往往高估一项技术带来的短期影响，但又低估它的长期影响。一个事实是，电商确实在2003年之后风生水起，数字产业也以前所未有的速度繁荣起来。

如今，新冠肺炎的意外到来，给这个没有新鲜事的互联网提出了一个新命题：疫情是否会触发一场实实在在的互联网技术革命，而非表面的模式繁荣？

# 春天该很好，你若尚在场

姚铅墟

腊肉烧白这道菜，每年会在我家出现两次，小叔自己做，自己吃。

从2008年到现在，小叔一共做了18次腊肉烧白：每年5月12日那天做一次，除夕那天做一次。每次做完，小叔在饭桌上就守着那一盘菜吃。

家里人从不劝阻，因为我们都知道，小叔这样做，是为了纪念一个孩子。

1

2004年，小叔从师范学校毕业后，被分配到北川羌族自治县关内漩坪乡教书。那个地方不大，一个年级只有三四十个学生，小叔在学校里是数学老师，也当班主任。像小叔这样的年轻老师去家访时，很受学生的欢迎。乡下人热情，老师来了家里，家长说什么都会让老师留在家里吃饭，口头上留不住，人就会堵在门口。几次下来，家长们再留小叔吃饭时，他也就不推辞了。

每次学生们知道小叔要去家访，都会提前找到小叔，问他喜欢吃什么菜，说回家好让妈妈给他做。小叔实在拗不过，就会说："那我喜欢吃烧白，你妈妈会不会做呀？"

于是，在漩坪乡的那3年多，小叔吃过不少家长做的烧白。

那时，小叔班里有一个女生叫欣欣，跟我同岁，性格腼腆。知道小叔会去家访，却一直没敢当面问小叔喜欢吃什么。拖到家访的那天上午，小姑娘鼓起勇气，跑到班里其他同学的家里问了一下，再一路跑回家，告诉妈妈："今天中午做烧白给李老师吃！"

可欣欣家里当时没有适合做烧白的五花肉，再去市场上买已经来不及了，妈妈就跟欣欣商量说："家里没肉了，给老师吃其他的菜好不好？"

欣欣听了，自然死活不愿意，哭着闹着非要妈妈做烧白。她妈妈没办法，看到墙上挂着的腊肉，干脆就用它做了一份烧白。等到中午小叔来到家里后，欣欣妈妈笑着解释说："孩子非要让做烧白，家里又没肉了，只好用腊肉做。李老师，你不要嫌弃，我们这个腊肉很好吃，你尝一下。"

小叔后来没跟我形容过那道菜的味道，他只是说，那天中午，他吃完了一整盆腊肉烧白。那个味道让小叔久久回味，有次他还特意去欣欣家里，请教她妈妈怎么做那道菜。当欣欣妈妈知道小叔是为学这道菜专程登门拜访后，爽快地说："哎哟，李老师，你客气啥，想吃就让欣欣告诉我一声，我做好了用保温桶装上，让她回学校的时候带给你。一顿饭而已，没啥不好意思的。"

小叔说："那不行，哪能麻烦娃娃跑一趟，我多跑几趟，学会了，我自己在屋里也能做。"

## 2

如果不出意外，小叔会在漩坪乡待满6年，教完一届学生，再回到县城里教书。

可地震来了。

2008年5月12日那天下午，孩子们从家里返回学校。学校2点30分上课，2点20分的时候，差不多所有的学生都到了教室，唯独欣欣的座位还空着。

眼看着要上课了，小叔正准备给欣欣的父母打一个电话，问问欣欣怎么还没来。这时，教室突然开始剧烈地晃动，随后就听见孩子们的尖叫声和桌椅板凳倒地的声音。小叔立刻反应过来，是地震！他朝学生大吼一声："快跑！快出教室！"然后他跑到门边，用后背抵住正在晃动的门，把挤在门口出不去的孩子推了出去。等教室里的学生都跑出去了，他也跟着跑到操场上。

小叔站在操场上，朝教学楼的方向看了一眼，房子还在不停地抖动，不断有砖头、石块砸下来。他把自己班的学生集中到远离教学楼的地方，几位男老师集结在一起，爬上废墟去救被埋的人。

小叔一直在废墟上刨，刨到第二天早上，十个手指头已被磨得血肉模糊。

这样下去根本不是办法，村里决定，先派几个年轻力壮并且熟悉路的男人走回北川县城，去搬救兵。小叔也得回县城看看家里人是否平安。

滑下来的山体把原来通往县城的路都掩埋了，小叔一行人只能翻山回县城。那次他们整整走了两天一夜。到了县城，小叔的脚肿得几乎走不了路，可他直奔我爸上班的县医院。得知奶奶和我已经被转移到绵阳后，他和我爸一起坐车去了绵阳。

## 3

在绵阳九洲体育馆，小叔找到一个从漩坪乡转移来的人，打听小学死了多少人。

那人说："现在还不清楚，但死的人肯定很多，好多人还没找到娃娃，又没有水喝，可怜得很。"

小叔一听，回想起除了欣欣不在教室，自己班的学生都跑出来了，就问那人："那你知不知道街上卖腊肉、姓陈的那家的女儿跑出来没有？"

那人说："姓陈的那家人就是没找到女子，怪得很，那女子班上的娃娃都跑出来了，只有她一个人，哪里都找不到。她的班主任又不在，那两口子急得很，天天坐在学校操场上哭，又没得啥子办法。"

小叔听了，心里一惊，当即就决定赶回漩坪乡。

我爸听了整件事，就说："那我跟你一起去，也好有个照应。"

他们简单收拾了一下，就在九洲体育馆门口坐上到北川县城的车，然后又跟着解放军一起翻山。

一进小学，小叔就看到欣欣的父母颓然地坐在废墟边，他连忙走过去，问欣欣有没有什么消息。夫妻俩一看到小叔，立马冲过来，欣欣的爸爸揪着小叔的衣领说："我女子呢？为啥就她一个人不见了？"小叔连忙说："那天中午你们女子没来学校，我刚想跟你们打电话问她是不是出啥子事了，就地震了，我也不清楚她在哪儿。"

小叔话音刚落，就结结实实地挨了欣欣爸爸一拳："我女子那天中午都走到学校门口了，还专门跑回家来给你拿腊肉，你说你没看到，你有没有良心？"

欣欣妈妈抹着眼泪，对小叔说："我女子那天中午看到我从墙上取下来一块腊肉，听我说这是要拿给你的，就说她下午上学的时候把腊肉带给你。我想了一下，就那么一块腊肉，又不重，她也拎得起，我就说'要得'，让她顺便带给你，你也难得跑过来拿……

"然后我就把腊肉放到桌子上，让她午觉起来后记得拿。结果她起来就直接走了，腊肉也没拿，我觉得没拿就算了嘛。哪晓得过了一阵，她又跑回来，说走到学校门口才想起没拿腊肉……

"我当时还骂她，'没拿就没拿嘛，你还跑回来干啥，等下上学万一迟到了怎么办？她都没听我说完，抱上腊肉就又跑了。"

说到这里，欣欣妈妈停顿了一下，接着，哽咽着说："我哪晓得她根本还没走到学校就遇到地震了，从屋子到学校这一路，我都找了几圈了，就是没找到我女子。"

小叔愣在原地，过了半晌，几乎吼着说出来："我不是说了我自己去拿腊肉的吗！"说完，没等欣欣爸妈反应过来，就跑了出去。我爸见状也赶紧跟着跑了出去。

他们俩沿着欣欣家到学校的那条路一直找，要不是我爸几次拦着，小叔差点儿跳下山崖去找。

我爸见这样子也不是办法，就去找当时援助漩坪乡的解放军，让他们帮忙找找孩子。

后面的几天，我爸、小叔还有两个战士，轮流用绳子拴着到悬崖下去找欣欣。在第三天的下午，满脸是血的欣欣终于被一个战士抱了上来。

欣欣爸妈看见自己女儿成了那个样子，木然地坐在旁边，连哭的力气都没了。小叔站在一旁，哭得根本站不稳。

几天后，欣欣就下葬了。下葬那天，欣欣爸妈不准小叔去。小叔只能离得很远，站在一座小山头上，远远地看着欣欣的葬礼。

4

后来一段时间，小叔每天都去欣欣家门前站着。

开始，欣欣爸爸一看见小叔就要揪着他打，时间长了，也就任由小叔那么站着，不再管他。

有一天，我爸陪着小叔进了欣欣家的门。一进门，小叔就冲着他们两口子跪下："我知道我对不起你们家，对不起你们的女儿。我不奢求你们能原谅我，我希望你们能接受我的道歉。我以后每个月都会来看你们，我给你们养老。"

说完，小叔朝他们磕了个头。

欣欣爸妈听完小叔的话，没立即表态。

在新的北川县城修好之前，小叔一直陪着欣欣爸妈。也就是从2008年开始，小叔再也不吃外面的烧白，只吃欣欣妈妈做的烧白和自己一年当中做的那两次烧白。

后来听我爸说，欣欣爸妈对小叔的态度缓和了些，准许他进家门，有时候还会让他上桌一起吃饭。

3年后，欣欣爸妈又生了一个儿子，小叔跟我们说起这件事时，笑得比谁都开心。夫妻俩给儿子取了个名字，叫陈祝安："祝安，就是祝福他这一生能够平平安安。"

北川重建之后，小叔回到新县城上班，每个月按时给欣欣爸妈打钱，也会抽出时间回去看望他们。

夫妻俩对小叔的态度慢慢好转。后来小叔结婚，他们还托人送来几块腊肉和几斤芽菜。

去年，我考上大学，在家里办完酒宴的第二天，小叔叫我陪他去一趟欣欣家。去的路上，小叔在车里一直重复播放着张国荣唱的《春夏秋冬》，一路上我都在玩手机，没太在意。

到了欣欣家，欣欣爸妈看见小叔来了，便迎了出来。那天中午，欣欣妈妈又做了腊肉烧白。

腊肉切得很薄，用筷子夹起，美如水晶肴肉。山里人自己熏的腊肉好过城里卖的，光用鼻子闻，就能闻到一股浓郁的腌熏香味儿。

小叔指着我说："这是我哥的女儿，和欣欣一样大。她今年刚考上大学，欣欣要是在，也会是她这个样子。我越想越觉得对不起你们，真的对不起。"

欣欣爸爸看了我一会儿，瘦得像刀刻的一张脸转向小叔说："都这么多年过去了，再伤心难过也是没办法的事，把现在的娃娃照顾好就对了。"

说着，他把安安叫到跟前，指着我对他说："你姐姐要是活着，也像这个姐姐这么大了，你知不知道你有个姐姐？爸爸跟你说过很多次，你要记住你的姐姐。"

吃完饭，我陪着安安在院子里玩，他靠在我身上，奶声奶气地叫着："姐姐，姐姐。"他爸妈见了，只顾冲着我们俩笑。

回去的路上，车上还是单曲循环播放着《春夏秋冬》，我问小叔为什么老放这一首歌，他说："我一听这歌词就能想起欣欣，我不能忘了她。"

我去网上搜了歌词，歌里唱道："春天该很好，你若尚在场。"

（摘自《读者》2021年第13期）

# 一位父亲的教育选择

沈佳音

## 白卷和33分

　　蔡朝阳，家住绍兴，人称"麻辣语文教师"，曾和朋友合著《救救孩子：小学语文教材批判》一书，引发轰动。但当他的儿子菜虫面临小学择校时，他思虑再三，还是选择让儿子上公办小学。原因有三：首先，读公办小学是最经济划算的；其次，也是最核心的一点，在公办小学，菜虫可以遇到足够多的同龄人，满足他与同龄人交往的需求，发现与他相似或者截然不同的孩子；最后，他认为，小学里的课程、成绩之类不甚重要，重要的是好习惯的培养，比如，每天阅读的习惯，每天有一段时间安静地待在书桌前专心做某事的习惯。

最核心的要素仍在于家长。开放的观念与温和坚定的信念，可以使家长更有力量。

蔡朝阳家的房子原本对应绍兴当地最好的小学，但他卖掉学区房，放弃让孩子读名校的机会，为孩子选择了并非名校的蕺山小学，理由是"环境好，作业少"。

蔡朝阳想让孩子有一个完整的、不急功近利的、有足够时间去虚度的童年，"上小学，学校不是决定性的，童年才是一个人至关重要的时期"。

自然，他不会给儿子额外布置课外作业，也不会给他报任何学科的辅导班。

不过，开学一个月后，蔡朝阳就接到了老师的电话。老师的声音里透着担忧："菜虫爸爸，今天考试，虫虫一道题也没做，把空白卷交了上来。"

挂了电话，蔡朝阳没有紧张，只是有些好奇。下午菜虫放学后，他问："菜虫，你们今天考试了？"

"嗯。"

"那你考了几分啊？"

"我没有分数啊。"

"没有分数？"

"爸爸，什么叫考试啊？"

原来，菜虫不知道什么叫考试，这是他人生中第一次遇到这个叫作"考试"的怪物。考试的40分钟里，菜虫在玩切橡皮。这是开学的最初一个月里他和同桌最喜欢玩的游戏。

没过几天，菜虫回来跟他说："爸爸，今天考数学了，我考了33分。"

这就是菜虫求学生涯的开端。后来他再没有交过白卷，但也谈不上逆袭。对于儿子的成绩，蔡朝阳和妻子的态度是，不做过多的评价。若分数高，就简单表扬一下；若分数低，则顾左右而言他。

人生很漫长，因而童年的准备阶段尤为重要，这个准备不是指分数名列前茅，也不是指品学兼优，而是在意志、品质之外，始终保有那种与生俱来的、对万事万物的好奇心。

身为教师，多年来最令蔡朝阳感觉力不从心、无从帮起的，就是那些丧失求知欲的孩子。他说："关于养孩子这件事，谁没有过满满的挫败感和无力感呢？"但他和妻子有一个最重要的原则：焦虑是我们自己的，我们自己去承担，不要把焦虑转嫁到孩子身上。

生活中，蔡朝阳和妻子也一直被亲友指责过分宠爱孩子，没有原则。蔡朝阳却觉得自己育儿从不"佛系"，但也不"鸡娃"，只是大家在乎的东西不一样。"我在乎的是什么呢？我在乎的是他成为一个能够自我负责的人，有自我管理能力的人。我的理念是温和而坚定，自由而不放纵。"

## 你的孩子，值得你信赖

不过，在菜虫小学升初中时，蔡朝阳还是买了一次学区房。

菜虫上四年级时，原来和他在同一所小学的三个熟悉的姐姐，都上了初中。其中两个进了同一所普通学校，另一个去了一所名校。

开学一个月后，菜虫聚会时碰到三个姐姐，听她们各自吐槽自己学校的各种规定：不准戴头饰，不准戴挂件，不准涂指甲……作业还多得不得了，要做各种试卷，据说作业时常会做到半夜。

这两个姐姐吐槽时，名校的姐姐一直不作声，突然轻轻地说了一句："这算什么啊！在我们学校，不准笑。"

菜虫正在拿筷子夹肉，惊得肉都掉了，问："不准笑？"

接下来几天，菜虫就开始未雨绸缪，催促妈妈："该买学区房了，我要去那两个姐姐上的学校，而不是那所不准笑的名校。"

蔡朝阳夫妻俩按儿子说的办了。

但是初中跟小学完全不一样，一进去，就面临中考的压力，每个孩子都没有办法躲避。入学摸底考时，菜虫的成绩很差，数学和英语都没有及格。

面对菜虫的成绩，蔡朝阳真的不焦虑吗？

"肯定焦虑啊。孩子上小学时我焦虑，上初中时我也焦虑，但是焦虑是没有用的，消除焦虑最好的办法就是化焦虑为动力。"蔡朝阳把自己消除焦虑的办法总结为6个字：管住嘴，迈开腿。"如果你焦虑，那就管住你的嘴，不要在孩子耳边念叨；迈开腿，到外面散步去，不要在孩子身边待着。把学习交给孩子自己，你就去做一些你可以做的事，力所能及、能够帮到孩子的事。"

还有一个策略：就事论事，见招拆招。"孩子学习成绩下降了，没关系，把这个问题解决掉，找到根源，不要说我们的孩子完了，怎么办。有一部印度电影《起跑线》，影片里有一对买了学区房的夫妻，老婆永远在担心孩子要是不读好学校，将来吸毒了怎么办，你不要认为你的孩子这次单元考试成绩下降，他将来就会学坏。"蔡朝阳说，"我上初二、初三的时候，还是一个浪荡少年，每天跟一帮小混混在街上玩，打电子游戏、打台球。寻找自我是一个缓慢的过程，我是在20岁以后才找到自我的。你的孩子，值得你信赖。"

尽管已经选择了学业负担相对较轻、管理相对宽松的学校，菜虫还是不喜欢自己选的这所学校，觉得学业很艰辛。有一天，他突然问蔡朝阳："爸爸，你以前不是说让我读国际学校吗？"蔡朝阳说："读国际学校也是有门槛的，要学英语，要考试。"菜虫说："爸爸，你给我报个英语班。"

于是，菜虫第一次上补习班。补习班的老师对蔡朝阳说："你们家的孩子，跟其他孩子不一样。别的孩子都是父母逼着来的，只有他是自己要学。"

这是菜虫在学习上最投入的一次。他的英语成绩突飞猛进，他当上了英语课代表，还在学校得了"腾飞奖"。

## 在变革的时代，教育何为

菜虫的成绩的确不算好，蔡朝阳对此也毫不讳言："我不会把我的孩子塑造成很成功的学霸形象，他不是的。到目前为止，他还不是一个非常优秀、非常杰出的小孩，但是他从小学到初中再到现在上国际学校，我都看到他在持续地进步。"

他给儿子起名"菜虫"，虫子很渺小，但是虫子有虫子的自我，它不需要为了别人而改变自我。或许有一天，它还会破茧成蝶。

"菜虫是一个独特的小孩。我们不期待他出人头地或出类拔萃，而希望他能以自己觉得舒服的方式，生活在这世上。"他相信菜虫是有后发优势的。

有一次，在从上海回绍兴的车上，蔡朝阳和菜虫讨论为什么有的父母费尽心思让孩子去接受各种各样的好教育，去名校就读，等孩子大学毕业后却让他们回到家乡，在自己身边做一名公务员。"你的孩子，他的征途可能是星辰大海，而我们做父母的，为什么要限制他？"

他打趣说："为什么很多男人30岁以后就不再进步了？因为他们没有自我，生活都是父母安排的。他们常这么想，父母逼我上大学，我上了；

逼我去当公务员，我当了；逼我去结婚，我结了；逼我生孩子，我生了。30岁以后我的人生我做主，我要去玩了！为什么我专门指责男人而不说女人呢？因为很多女人30岁以后当了妈妈，这个身份会让她们有巨大的动力去学习。"

蔡朝阳喜欢说一句话："爱你所爱，如其所是。"你爱你的孩子，就要让你的孩子成为他自己。

蔡朝阳的一个朋友开了一家游戏公司，公司里最厉害的设计师其实是一名厨师。在做设计师之前，他做了6年厨师，因为他父母觉得家财万贯不如薄技随身。就这样，这位最棒的美术设计师辛苦地做了6年厨师，直到入职这家游戏公司。

而这家游戏公司的老板在 LIFE 教育创新峰会上做了一次主题演讲，题为"寻找不存在的人"。题目的名字来源于特斯拉公司在网上发布的一份招聘信息——我们在寻找那些从未存在过的人。"他们所说的不存在的人，是一直都存在的人，只是这些人之前从未被命名过，比如在第二次工业革命之前，飞行员是不存在的人；在电脑发明之前，程序员是不存在的。不存在的人一定是具备持续学习能力、保持着无限可能性的终身学习者。他们可以适应无法掌控的未来。"

在一个不确定的时代，真正确定的东西是什么？就是要有自我，要有终身学习的能力。这也是蔡朝阳一直强调的。他说："我们不要再拿过去的那种方式去教我们的孩子了，因为这个时代是一个处于深刻变革的时代。如果我们再用20世纪七八十年代的那种教育方式和教育观念去教育孩子，那就很容易误入歧途。"

所以，父母要树立崭新的教育观，要做爱学习的父母，要有面向未来的教育视野。

"当初卖掉学区房，没有让孩子读名校，你现在回想起来后悔吗？"最后，我问他。

"当然不后悔，甚至还有点儿沾沾自喜。"蔡朝阳回答道。

（摘自《读者》2021年第16期）

# 最亲的人忘了你

蒋　勋

许多年前，老人失智的现象还不普遍，偶然听一位朋友惊讶而痛苦地说，父亲不认识他了，我很讶异。因为一直到老年至往生，我的父母记忆都极好，大小事情都条理清晰，更不可能不认识自己最亲的儿女。

但我可以理解朋友心中那种茫然荒凉的感受。

是什么原因让人连最亲近的亲人都不再认识了？

这几年老人失智的现象愈来愈普遍，甚至年龄层也有下降趋势，与我同年龄段的五六十岁的朋友中也有人出现失智现象。现象多了，把现象的细节放在一起观察，就疑惑失智会不会还是笼统的归类。因为仔细分析，失智现象似乎包含了不尽相同的行为模式。

前些年看了一部很好的法国电影——《爱》。

一对老夫妇，妇人在餐桌前忽然记忆中断，停滞了一会儿，又恢复了。

接下来接受治疗，身体开始局部瘫痪，行动困难。妇人是音乐家，意识清楚时，敏感的心灵无法接受医院的治疗方式，要求丈夫不再送她去医院。丈夫答应了，但是，接下来的情形每况愈下，洗澡、吃东西，一切行动都变得越发困难。年老的丈夫独自照顾衰老病弱的妻子，妻子的状况却是逐渐失去语言能力，失去记忆，直至失去控制自己身体的一切意识。

一部真实而安静的电影，导演、演员都如此平实，呈现出一场生命在最后阶段无奈又庄严的悲剧。

许多悠长缓慢的镜头，静静扫过这对夫妻生活了数十年的家：入口处的玄关，悬挂外套的衣架；客厅里的钢琴、沙发、餐桌；厨房的洗碗槽、水龙头；卧室墙上的荷兰式风景画，从窗口飞进来的鸽子，午后斜斜照在地板上的日光。

我忽然想起马尔克斯在《百年孤独》里描述的一个让人难忘的画面——在一个得了失忆症的村落里，人们用许多小纸条写下"牙膏""门""窗户""开关""锅子"。把一张一张小纸条贴在每一个即将被遗忘的物件上，牙膏、门、窗户、开关、锅子——预先准备，以备失忆的时候有这些小纸条上的字来帮助提醒。

有一天和世界告别，就是这样从身边熟悉的物件一一开始遗忘的吗？

马尔克斯是经历过亲人失智的伤痛，才会用文学的魔幻之笔写下这样荒谬而又悲悯的故事的吧？

然而在看《爱》这部电影时，我出神了。我想，也可以在自己最亲爱、最熟悉的人的额头上贴一个小纸条，写上"丈夫""妻子""父亲""母亲"吗？也可以写下最不应该遗忘的爱人或孩子的名字，贴在那曾经亲吻过的额头上吗？

一个朋友丢下繁忙的工作，匆忙赶夜车回乡下探望年老的母亲。然而母亲看着她，很优雅客气地说："您贵姓啊？要喝茶吗？"她就知道母亲不认识她了。她忘记了女儿，却没有忘记优雅与礼貌。

许多有关失智的故事让人痛苦怅惘，大多是因为亲人不再认识自己了。

曾经那么亲近恩爱，竟然可以完全遗忘，变成陌生人，那么还有什么是生命可以依靠和相信的？

我也听过失智对象不是亲人的故事，那样听起来就比较不像悲剧。

有一个朋友极孝顺，多年来为母亲买了很多贵重的黄金珠宝饰品。母亲把它们存放在银行保险箱里，偶然有宴会时才取出来戴一次。母亲失智以后，常常惦记这些珠宝，焦虑不安，总是吵闹着要去检查。孝顺的女儿就陪伴母亲到银行，取出珠宝，一一清点，确认没有遗失，再重新放回保险箱锁好。但是，失智的母亲刚回到家，立刻就忘了自己刚才已看过、检查过珠宝，又开始焦虑不安，吵闹着要立即去银行开保险箱。没办法，母亲失去记忆的部分刚好是她去过银行、看过珠宝。

这是我听过的失智故事里比较"快乐"的一个。虽然我这孝顺的朋友也一样万分无奈、疲惫不堪，常常要陪着老母亲一次一次地跑银行，但是因为母亲还认识她，她的无奈里就好像还有一种幸福在。

所以，失智的大悲痛是因为最熟悉、最亲爱的人不能再相认了吗？

（摘自《读者》2021年第8期）

# 反抗算法的年轻人

肖 瑶

## 算法入侵生活

当算法全面入侵生活，一群普通人决心和看不见的算法博弈。

2021年夏，夏溪和丈夫聊起婆媳相处的琐事，比如婆婆不打招呼就直接拿了钥匙来家里的行为，让她觉得没有边界感。睡前，她打开某短视频 App，打算消磨时间。手指上滑，一条关于轻松化解婆媳矛盾的视频跳出。夏溪感到不对劲。这怎么可能呢？她从未在上面搜索过相关关键词，而且明明已经关闭了它的麦克风使用权限。

嫌恶从夏溪心里钻出，然后是害怕。她担心手机偷听自己说话。

上一次出现这种被"监听"的感觉，是夏溪某天在办公室加班时。同事问起晚饭点什么外卖，她随口说出脑子里蹦出的选项："我有点想吃串串。"随后，还没来得及在手机外卖 App 的搜索栏输入关键词，一家串串店的名字就已出现在推荐列表的第二栏，之前她从未在搜索栏里输入与串串相关的关键词。

手机 App 越来越懂人，已不是新奇事。个性化推荐的功能，依托的是算法，它根据人们的行为数据进行预测及迭代。算法广为人们接受的一面，是在海量信息中替人们高效筛选出优质内容和结果，减少他们的决策时间。

但这只是起点。时间向前延展，取悦用户的算法成为潘多拉的盒子，问题也随之而来——算法正在入侵生活。看不见的算法和背后的平台，它们具体如何采集和使用个人数据，对普通人来说是一个"黑箱"。

外卖 App 是否会"偷听"用户说话？答案悬在半空。可以确认的是，虽然技术上存在手机 App 获取用户语音信息的可能，但是这并不能必然推导出精准推荐源自"偷听"内容。因为想要"猜你喜欢什么"，平台还有许多条路可选：人们所在的地理位置、曾经的搜索习惯、喜欢过的内容等都可以成为大数据智能推荐平台推测用户兴趣范围的依据。

第一次发现手机"偷听"自己时，夏溪正从事大数据分析相关的工作。她和数据离得很近，明白算法运作的逻辑——人们在数字平台上输入的关键词、浏览过的物品等数据，会被后台记录，经过机器运算或人为分析后，具体的用户画像随之诞生。根据这些画像和标签，商家可以更精准地投放广告。

持续与数据打交道，面对算法带来的便利，夏溪更希望守住个人隐私的边界。她可以接受平台基于自己已有的行为数据，分析并进行个性化推荐，但她无法忍受无端被猜中喜好。她认为这是一种入侵。

于是，夏溪卸载了那个外卖软件，并关闭了大部分不必要软件的语音授权。对于那只看不见的手，她的警惕又多了几分。

另一种入侵更悄无声息。

如今，22岁的斯坦仍记得3年前被某购物软件推荐页面窗口迷住的场景。只要点进那个小方框，就会出现根据算法推荐的一列商品窗口——每点进其中一个窗口，就会看到更多推荐物品。

穿梭在无限延伸的虚拟橱窗中，斯坦看得入迷，手指轻滑，永远有新的好物等在后边，即使自己买不起，也逛得开心。如此反复，那个无限嵌套的迷宫仿佛没有尽头。一晃，十几分钟过去了。

很多时候，斯坦习惯用在 App 里闲逛的方式消磨时间。

和斯坦一样，越来越多的人把时间留在了各类手机 App 里。一项调查结果显示，2021年第二季度，我国网民人均手机 App 安装总量增至66款，人均单日 App 使用时长为5.1小时，相较2019年同一时期增加0.4小时。其中，占据人们每日使用时长前三名的 App 类型分别为短视频、即时通信和在线视频。

几乎每一类手机软件都带有个性化内容推荐，当智能手机成为人们的随身物品甚至延伸器官，它也成为算法和人产生深入交互最直接的载体。算法推荐并不是导致人们信息成瘾的唯一原因，但它是其中一个重要因素。而且，投喂式的内容推荐很容易导致人们获取的内容同质化。另一个问题浮现出来：人们难以跳出已有认知的怪圈，于是，认知、判断和决策也会受到影响。

中国人民大学新闻学院教授彭兰说，算法应用正全面普及，人们在享受算法带来的便利的同时，在某些方面也面临着成为算法"囚徒"的风险。

算法本应是辅助人们做决定的工具，人们怎么会被它牵着鼻子走？越来越多的人感到蹊跷，他们决心在自己的生活中对抗算法。

## 对 抗

对抗算法的年轻人多是数字原住民。他们自小接触网络世界，难以通过完全脱离数字技术达到摆脱算法影响的目的。他们寻找的，是更可行的迂回战术。

有人尝试在互联网上隐身，或者迷惑平台，不让它们看清真实的自己。

如果有可能，夏溪上网时尽量选择无痕界面或清理网页 Cookies（服务器暂存在电脑里的资料），抹掉自己的痕迹，假如这招行不通，她会小心地区分自己在每个平台上的使用习惯，"我希望在不同平台有不同'人设'"。例如，在经常购买图书、办公用品和电子产品的平台，后台大概率会将她识别为知识女性；但在另一个经常购买生活用品的平台，她会更像一个家庭主妇。

从大学开始，夏溪和男朋友共用一个购物软件的账号。婚后，她的婆婆也成为该账号的使用者。如此一来，平台难以看清账号主人的真实面目——既是青年人，也是老年人；既是男性，也是女性。站在这样模糊的虚拟面目背后，她有一种安全感。

尽管如此伪装，但仍存在漏洞。假如有人获取了自己的个人信息，进而拿到两个或多个平台上个人的数据信息，进行拼图就有了可能——最接近现实中真实的自我形象将难以在互联网上遁形。对此，夏溪还是无能为力。

遭遇外卖平台"偷听"事件后，夏溪只给工作中必须用到的两三个通信软件和语音工具，开启了麦克风使用权限。假如其他软件需要开启，她会到需要时再打开，并在使用后将权限关闭。而且，每次更新手机系统，她都会一一检查权限。

前不久，当她发觉某短视频 App 在已经关闭语音权限的前提下，仍然存在"偷听"嫌疑，无力感再次浮现。她试图弄清背后的蹊跷之处。

她发现，关掉语音助手获取麦克风的权限后，短视频 App 上关于婆媳关系的推送视频消失了。

在语音助手和智能音箱随处可见的今天，"偷听"似乎难以避免。夏溪明白这一点，但她觉得自己还是得"站起来"——即使做不到反抗，她也得做点什么。

同时，面对算法内容推荐的套路，有人正在想办法打破它。

从事用户调研工作的三七是资深短视频爱好者。她在快手和抖音上各开了一个账号，并且有意训练它们获得不同的短视频内容。她习惯在快手上浏览萌宠、滴胶手工制作等内容。但对于抖音，在发现平台推荐内容过于迎合自己的喜好，而缺少新鲜感之后，她试图反套路而行之。

某次，她发现，假如持续刷新直播页面，推荐页的内容会变得更多样。接着，她有意取消关注一些美妆、美食探店、小说推荐类博主。没过多久，重新变成"新人"的她，抖音首页上多了许多粉丝还不多的新人博主，以及女性、育儿和教育等社会公共话题相关内容。这种新鲜感让她兴奋。

也有人决定直接减少手机 App 的使用时间，尽可能杜绝干扰。想达到这一点，退回网页端是一个好方法。

成日和这些 App 相处，斯坦觉得自己的生活正被信息轰炸。他删除了手机里的十几个 App，退回网页端，用电脑网页购物，在手机上用网页版微博和网页版豆瓣。

随后，斯坦使用这些平台的次数明显减少。刚开始，他还会每天查看网页版知乎、微博和豆瓣。到后来，他保持着隔几天查看一次的频率。最后，他不再看微博，只保留了定期上豆瓣网逛逛的习惯。

不只是他，"反技术依赖"小组里的一些人也在尝试使用不同平台的手机网页端以戒掉自己的 App 瘾症。还有一些人直接选择了物理隔绝的方法——购买一个带电子锁的保鲜盒，每天下班后将手机锁在里面，直到第二天早晨才将它取出。

## 拿回主动权

在算法侵入生活的隐忧背后，还有一个更深的不安：人的判断和决策被技术操控。

对于这些选择对抗算法的年轻人来说，他们希望在这场技术入侵生活的战役中，重新拿回主动权。但想要重新拿回主动权，是否还有别的想象？

在美国纪录片《监视资本主义：智能陷阱》中，数据科学家卡西·奥尼尔表示："算法是内嵌在代码中的观点，它并非客观的，而是被某种成功的定义所优化。因此，你能想象，假如一家商业公司根据他们对成功的定义，制定了一套算法，那是关于获得商业利益的，往往是需要盈利的。"

纪录片中，一幅以技术为齿轮的商业画卷被铺开：一款手机软件的背后，有数位工程师试图结合心理学知识，设计软件的功能和算法，让人们的注意力尽可能停留在某款软件上。紧接着，通过广告投放等方式，用户注意力被转变为商业利益。脸书前总裁希恩·帕克在纪录片中承认："利用人类心理的脆弱性赚钱，包括我、马克、照片墙的凯文·斯特罗姆在内的发明者和创造者，我们都很清楚这一点，但我们依然这么做了。"

回归现实，从硅谷到国内，这套商业和科技巨头共同塑造出的注意力经济已成为主流。

夏溪对这套运行逻辑十分熟悉，她也明白个体在面对巨大的商业帝国时，难以撼动它们，"我能做得更多的是保护好自己"。但是，她仍在期待新的转变："我理解资本家需要赚钱，但是该换一种商业模式了。"夏溪期待的，是企业应该首先帮助人们过上更好的生活，其次才是获得收益。

彭兰也呼吁从业者看到"算法向善"的新可能——希望业内不要将算法推向工具理性的极端，而应该在价值理性的前提下更看重算法伦理的目标、原则与实现路径。

2021年8月，从事无人驾驶相关工作的夏溪，每周工作日大部分的工作是"开车"。她坐着那辆带有自动辅助驾驶功能的汽车，穿梭于上海市区。在每天100公里的路程中，算法需要在她的帮助下变得更加完善和成熟。

而目前自动辅助驾驶仍存在许多边界性问题，需要专业人员通过测试提供专业的解决方案。这种测试比夏溪自己开车还累，但她觉得这是有价值的，当技术足够成熟，它就可以缓解人们的驾驶焦虑，让人们获得更便利的驾驶体验。

人和科技是怎样的关系？夏溪的脑中有一幅画面：左边是人脑，右边是机器，二者相互扶持着往前走。科技应该是服务于人类，对人类有帮助的。

（摘自《读者》2021年第22期）

# 反复告别的盛世情书店

李婷婷

## 怪老板

58岁的范玉福技校毕业，最高学历是电大，第一份工作是在北京公交公司的汽车修理厂做钣金，修汽车外壳铁皮。他后来开了一家书店，名叫"盛世情"。书店在北京师范大学东门对面，地上就15平方米，进门靠右往里走，还有半截在地下——55平方米，里面挤了十几个大书架，过道上堆着成捆没拆封的书，余下的空隙仅够一人穿过。电影学者左衡来逛书店，总感觉自己像踏进了《哈利·波特》里那条和现实世界只有一墙之隔的对角巷的某间小铺子，"破破的、挤挤的、乱乱的"，而"老板怪怪的样子，卖一些特别神奇的东西"。

那里的常客是文学院的教授、电影学院的教授、语言学学者、历史学者，还有导演张一白。北京师范大学文学院教授赵勇记得自己一进店，范玉福就会热情招呼："哎哟，赵老师，您老今儿怎么闲啦？您可是有阵子没来了。您要的波德里亚的书到货了，最近有本《知识分子都到哪里去了》卖得挺火，要不您也来一本？"

在社科院历史理论研究所研究员冯立眼中，北京有三大学术书店——万圣书园（店长毕业于北京大学），风入松书店（已经倒闭，店长是北京大学哲学系教授），以及盛世情书店。别看范玉福学历低，有人说："你跟老板说你是哪个专业的，他能开出的书单比你导师开出的还详细。"

作为一家社科学术书店，仅是给学术书籍做分类这件事，就足以显示书店店主的水准。有一回，一位文艺学方向的教授想买《权力主义人格》，到了盛世情，在文艺学、文艺理论、哲学、社会科学那几个书架上都没找着。后经人告知，这位教授才知道，这本书最初是心理学和传播学的研究成果，之后因为影响广泛才成为文艺学领域的经典。于是，他又去盛世情的心理学书架上找了一遍，那本书果然就在那儿。

冯立意外得知，范老板和自己的硕士导师一块吃过饭、喝过酒后，仅因为这点儿关系，范玉福就给了冯立更低的折扣。有时赵勇去买书，忘了带用于报销的公务卡，就跟范玉福赊账。某一天赵勇突然想起，之前赊的两三百块钱还没还呢，等赶去还钱，范玉福却忘了这茬事儿："是吗？什么时候？"

范玉福声称自己并不看那些深奥的学术专著，也没有时间看，他说："叫我老师都高抬我了，实际上我什么都不是。按道理来说，我就是一个服务人员……只不过具备基本的业务水平。你给别人服务，若人家问起来你什么都不知道，你怎么跟人打交道，别人怎么能认同你。"

2018年1月的一天，赵勇去盛世情书店，范玉福邀他一块抽烟，选的地儿不是往常的大门口，而是地下室一个5平方米左右的小房间。赵勇第一次知道还有这么个空间：一张双人床就填满了整个房间，墙沿高高地堆满了书。

赵勇靠在床头，范玉福靠在床尾，二人开始抽烟、聊天。说着说着，范玉福突然提起一本书，蓝英年教授写的《那么远那么近》，有关苏联作家的随笔集。"我们两口子都读了，写得真是好！"

赵勇表示自己没读过，范玉福再次恳切地推荐："赵老师啊，我觉得这本书您可真该读读。"回去当晚，赵勇就在家里找到这本书，读了一遍。赵勇在电话里告诉我："老范的品位还是不低的。"

2021年3月14日，盛世情书店要正式停业了，它的辐射也从新街口外大街去往更远处。范玉福贴在店门口的一封手写《致读者信》突然在社交媒体上刷屏："辛丑春，因近六十花甲，羸弱多忧。奈何子不承业，又罹诸孽，故不再寻新址，店即关停，安度残年。伴圣贤（书）及读者襄助，三十余载，受益良多，一介尘民，做喜欢且能安身立命之本，乃人生一大幸事。书店渐远，记忆永存，愿文化殷盛，人能祥和。"

## "姿态得有"

书店关门第二天，北京刮起了沙尘暴。晚上6点，一位瘦高个儿、戴眼镜的中年男士站在紧闭的盛世情书店门口。他已经从北师大毕业十几年了，其实也只来过一两次盛世情，谈不上有很深的感情。但昨天他的朋友圈被范玉福的《致读者信》刷屏了，无论是导演、学者，还是一些普通的读者、一些北师大学生，都在为这个书店的关门而感伤。

其实这家书店开了22年，因为年久失修，光线昏暗，墙皮脱落，楼上漏水泡坏了书，天气一热蚊子就多，地下室里连手机信号都没有，环境并不宜人。书也越积越多，书架从地顶到天也装不下，像要溢出来似的，狭窄的过道堆着成捆成箱的书，一抬脚就可能踩到。有的地方干脆胡乱堆积成一座小书山，一旦被碰倒，整个地下室就乱套了。

可范玉福不在乎这些，他每天早上10点多就骑一辆小电动车来店里。他不是在书架间腾挪整理，就是弓着身子用那台十几年高龄的、已经泛黄的台式电脑搜集书的资料，有时晚上12点才回家。

2020年4月，北京新冠肺炎疫情还很严重，他也每天开店。那时生意萧条，但对范老板来说，只要有人来买，哪怕每天只卖10块钱，能吃上饭就行。2003年"非典"时期，他也开着店："只要我每天在这岗位上，就证明书店还在，我们还在抗争（就够了）……姿态得有。"

静闲斋书店老板王培臣曾告诉学者冯立，范老板（有时大家直接尊称范老师）眼光好又精明，非常会经营，虽然很有个性，但是大家都非常服气。冯立也写道，大家去丰台西南物流中心或者朝阳王四营挑书进货，如果碰到范玉福，同行一般会先让他挑书，有些图书供应商甚至会优先给他派货。

回到最初，范玉福只是北三环边一个摆摊的，三轮车上搭块板，板上摆着那会儿大家爱看的历史人物传记，一度也卖过漫画书。后来，地摊升级成一个铁皮棚子，能遮风挡雨了。飘摇了15年后，1999年，盛世情书店在北师大东门对面正式开张，而书店最初的定位就是主营学术专著。

书店占据了当时最好的位置。那时，中国电影重镇就在以北师大校区为中心的"新马太"地区（新街口、马甸、北太平庄三处的集合）。那时，新人导演张一白去"新马太"都是带着一种朝圣的心情。他在微博上写道："每次去那里，都得顺道去盛世情书店，久成习惯……那个阶段，年轻而努力，对未来充满信心，为未来而充实知识。逝者如斯夫，不舍昼夜。电影重心已然东移，'新马太'的故事已成传说，买书也已习惯网购。"

头几年，盛世情书店在地上一层有100多平方米的店面，店里除了范玉福和他的妻子范巧丽，还雇了三四个员工。遇到开学季，书店收银台处得排上10分钟队。但2005年之后，随着网购的兴起，北师大周边的民营书店陆续倒闭，只剩下盛世情。

范玉福先是缩减了店面，从地上100平方米变成了地上15平方米，再附加一个地下室。接着又裁掉了所有员工，只剩下他和妻子两个人经营。再往后，他干脆把地上的店面转租出去，分别租给过文具店、足疗店、美甲店。临街大门上"美甲美睫"的粉色灯牌、"养生足道"的亮黄色招牌彻底包围了"盛世情书店"古朴的实木招牌。

盛世情书店没有被"非典"、网上书店、电子书击垮，却在2017年11月2日收到了一纸来函——北京电影洗印录像技术厂要中断和书店持续了20年的租房合同，限他们于当年12月31日搬走。范玉福为此失眠了，头上还斑秃了。他发了一封回函："接到函后，感到十分意外，措手不及，本店已经和贵厂友好合作近二十年，没有产生任何隔阂。"他还写道，家庭生活全部来源和财产都在店内的货物上，实际困难客观存在，无法搬走，因此恳请酌情考虑。

当时，《北京日报》记者路艳霞致电北京电影洗印录像技术厂，得到的回复是："只是因为和书店的合同已到期，今年不再续租了，这是纯商业行为。"半个月后，《北京日报》发出对盛世情书店的报道，书店受到媒体和有关部门的关注，又活了过来。但范玉福始终信心寥寥，在店里一直挂着"撤店大甩卖"的标识。3年来，范玉福一直告诉来买书的读者，不想干了，这店随时要关门，至于什么时候关还不知道，"等信儿"。

## 解　脱

书店关门当天下午，"理想国"发了微博，转发量超过5万。编剧史航也发了微博："虽然连告别都来不及说，但看到老板的告别信，觉得真好，社会人难有的风骨，文人还有。"张一白也写道："瞬间引发回忆——我的青春和我的读书生涯和那个瘦削、戴深度近视眼镜、说话嗡嗡的老板，六十后面的'花甲'二字，刺目且伤感。"

我是在书店关门后第5天晚上见到范玉福的。盛世情书店里突然亮了灯，我去敲门，范玉福套着围裙，正坐在空荡荡的书架和几个纸箱子之间吃晚饭。明天就是这间店铺正式交接的日子。范玉福说："这不在整理嘛，今天就完事了。我这些天一直没休息，在归置，多狼狈，你看。"

所有的书终于都被归置到三个地方：范玉福的家——"我家110平方米的房子，这些书现在基本得占用50平方米"，离书店不远的50平方米的半地下库房，以及最近刚租的20平方米的仓库。"解脱了，真解脱了，我在那个泥潭里拔不出来，有点沉浸在里面了。"提起已经关门的书店，范玉福没有丝毫遗憾。"（我）能被人家认可，尤其是被这些……读书人认可，我觉得知足了。这些读书人都不是一般的人，都是在圈子里有影响力的人，有话语权，你还想怎么样，人活一辈子，干一件自己知足、喜欢的事，那还不开心啊"。

原本他还指望两个儿子接管书店，但"时代不同了，人家有人家的生活方式"。两个孩子从小就不喜欢看书，也不常去书店，只在高中寒暑假时每天给50块钱才帮忙看店。但范玉福觉得，也不是非看书不可，"有（书店）这个环境的熏陶，土壤是肥沃的，就算你不读书，也能接触一些外边场合接触不到的东西，这里面没有铜臭，所以他们现在还像个男孩子的样儿，没有圆滑和狂妄自大"。

范玉福从小就跟随父母从马甸（盛世情不远处）下放到300里地以外的延庆县花盆公社，"山沟嘛，你知道"。多亏了知青们偷偷带去的书，以及小学三四年级时，老师任命他为图书馆管理员。"农村的图书馆能有多少书，但是对我来说，那就是一个打开世界的窗口啊"。

他解释自己为什么开书店："我也自私，开书店完全是为了自己能明白点事，说句不好听的，没裤子穿、吃不上饭我都不害怕，我就害怕思想没有改变，这是最可怕的，你这一代没改变，下一代还是这样，就不知道什么时候才能脱胎换骨。"

书店关张后，范玉福打算回延庆开民宿，老同学、老朋友都在那儿。民宿里当然要设个阅览室了。但范玉福并不打算把盛世情的学术书籍运过去，谁看《新石器时代考古》这么深奥的书啊？

他会继续在孔夫子旧书网上卖书，至于以后还进不进新货——范玉福像被看透心思，笑了起来："有合适的还接着进呗，就跟你们'双11''6·18''剁手'一样，我得的就是这病，怎么办啊，治不了了。"

就算这辈子卖不完库房里那些书，范玉福也不打算把书留给两个儿子："你扔给他，将来你若不在，他们必然给你当废品卖了。"

曾有位来自沧州的老先生临终前给范玉福寄来了一箱书，那里有他保存的清代线装本《黄帝内经》和光绪年间的《诗经》，书脊都散架了，书页上都是虫蛀。老先生此前只来过盛世情书店几次，和范玉福并不算熟识。"他觉得这些书放在老家会被糟蹋，一张纸也不会剩下"。

现在范玉福也计划好了，等他离世，就让孩子们把书全烧给他："我宁愿这些书跟着我走。"

（摘自《读者》2021年第11期）

# 捡漏中的得与失

王世襄

　　搜集文玩器物，不论来源为何，价值多少，总有一段经历。经历有的简单平常，有的复杂曲折；有的失之交臂，有的巧如天助。越是曲折，越是奇巧，越使人难忘。前人往往将它说成是"缘"，颇为神秘，仿佛一切皆由天定。其实天下事本来就多种多样，如将"缘"和英文的"chance"等同起来，我看也就无神秘可言了。下面记几次个人的经历，当然买的都是些小东西，有的几乎是在"捡破烂儿"。

1

　　20世纪50年代初，我在通州鼓楼北小巷内一个回族老太太家看到一对杌凳，无束腰，直枨，四足外圆内方，用材粗硕，十分简练朴质，我非常喜欢。可惜藤编软屉已破裂，残存不多，露出两根弯带和将它们连在一起的木片，但至少未被改成铺席硬屉，没有伤筋动骨。老太太说："我儿子要卖20元，打鼓的只给15元，所以未卖成。"我掏出20元递过去。老太太说："价给够了也得等我儿子回来办，不然他会埋怨我。"我等到快天黑还不见她儿子进门，只好骑车回北京，准备过两三天再来。不料两天后在东四牌楼挂货铺门口看见打鼓的王四坐在那对机凳上。我问他要多少钱，他说："40元。"我说："我要了。"恰好那天忘记带钱包，未能付款，也没有交定钱。待我取钱马上返回，机凳已被红桥经营硬木材料的梁家兄弟买走了。

自此以后，我每隔些天即去梁家一趟。兄弟二人，每人一具，就是不卖。我问是否等修理好了再卖。回答说："不，不修了，就这样拿它当脸盆架用了。"眼看搪瓷盆被放在略具马鞍形的弯枨上。历时一年多，去了将近20次，花了400元才买到手，恰好是通州老太太要价的20倍。

2

过去崇文门外有一个经营珠宝玉器的商场叫青山居。青山居的管理处在花市上四条胡同。一天我去串门，看见楼梯下放着一具铁力五足大香几，独木面，特别厚重，颇为稀有。几上摆着两三个保温瓶，茶壶、茶碗更多，开水把几子都烫花了。我想他们不拿它当一回事，或许肯出让。可问了几位负责人，都说不行。因一切均为集体所有，谁也做不了主。我只好失望地离去。

两年后，忽然在地安桥头古玩铺曹书田那里看到这件香几。因系铁力制，价钱不高。我将它抬上三轮车，两手把着牙子，两脚垫在托泥下面，运回家中。一时欢喜无状，脚面被托泥硌出两道沟都没有感觉疼痛。事后我问曹书田才知道，原来管理处撤销了，所以家具交付处理变卖。

3

德胜门后海地带常有破烂摊摆在道侧，陈旧用品，衣服鞋帽，一应俱全。有一次经过那里，我看到破条凳支着两块板子，上铺蓝色破床单，物品很零乱。风一吹，卷起了床单的一角，我看到板子背面似乎有彩画。手撩开一看，原来是两扇雕填漆柜门。两龙生动，分别为黑身红鬣、红身黑鬣，时代当早于万历年间。我请摊主卖给我这两块板子。他说："摊子靠它支撑，正嫌小了一点。你买一床大铺板，我换给你。"我们立即成交，皆大欢喜。

4

1951年前后，听说东直门内住着一位笃信佛教的老居士，常去各处收集佛像，供在家中佛堂里。我很想登门拜访，看看他的收藏。一天，我冒昧晋谒，居然承蒙接待。北房三楹，正中一间贴后墙摆着大条案。案上大小佛龛里外供有佛像数十尊。其中有的颇古老，有的却很新；有的比较优美，有的又很庸俗。我心想这位老居士信佛确实虔诚，但审美水平恐怕不高。众像之中我最喜欢的是一尊铜鎏金雪山大士像，头特别大，形象夸张古拙，时代不晚于明。据老居士说，数年前布施某寺院香火资若干而得以请回家中。谈话间我说起先慈也是佛教徒，弃养已逾十载，家中佛堂还保留原状。老居士听得很高兴，频频点头。我进而请求：如蒙俯允，以加倍的香火之资把雪山大士请回舍间，为先慈佛堂增加一尊坐像，将感谢不尽。老居士欣然同意。当然他不会知道我求让铜像主要是为了欣赏雕刻美，而不可能像他那样朝夕上香膜拜。

老居士恭恭敬敬地将铜像用纸包好，交我捧着，一直送到大门口我的自行车旁。我为了便于将铜像放进背着的布兜子，下意识地将它倒了过来。这时老居士突然色变，连忙双手把头朝下的铜像正了过来，说了声："怎能如此不恭敬！"我知道自己犯了错误，连说："罪过！罪过！"赶紧骑上车跑了。我生怕再停留，老居士回过味来，发觉我并不像他想象的那样虔诚，一定会要回雪山大士像，不允许我请回家了。

5

在我的收藏中有一只十分名贵的蛐蛐葫芦。拙作《说葫芦》为此器写的说明如下：

> 此乃麻花胡同纪家旧藏之"红雁"，清末民初，与"紫雁"为京师最驰名的蛐蛐葫芦。红、紫言其色，雁言其形，谓修长如雁脖也。

> 1934年秋，行经东四万聚兴古玩店，名葫芦贩孙猴（姓孙，因精明过人而得此绰号，是时年已七旬）先我而在，手持红雁与店东葛大议价。轻予年幼，未必识货，予价不谐，行欲去。正待出门，予已如数付值。渠急转身，已不可及，大为懊丧，不禁失色。是时予虽知葫芦绝佳，但对其来历，茫然不晓。后承讷绍先先生见告，乃知即赫赫有名之红雁。倒栽底部不镶牙

托而以同色之葫芦填补乃红雁特征之一。据讷老称："紫雁视此色泽浓艳而身矬，停匀秀丽则远逊。"

（摘自《读者》2020年第8期）

# 《围城》里的品牌醋

韩石山

钱锺书先生会酿醋，这是我看《围城》时的一个小发现。

钱先生不是山西人，他是无锡人，无锡对面是镇江。镇江出醋。钱先生做的醋，只会是镇江醋。镇江醋跟山西醋的差别在于，山西醋就是个酸，镇江醋发甜。

这甜是怎么来的呢？外行以为是加了糖，我还多少懂点，知道绝不会是加了糖；多半是作料在发酵的过程中产生了某种具有甜味的物质，做出的醋就有了一点甜味。《围城》里，有两处拿这种误识，嘲讽那些无来由就忌恨的人。一处是说，方鸿渐孙柔嘉小两口闹别扭，方不随孙去她姑姑家，孙回来说起在姑姑家听到的什么新闻，方鸿渐总心里作酸，觉得自己被冷落在一边，就说几句话含讽带刺。又一个星期天早晨，孙柔嘉又要去姑姑家，两人吵了起来，柔嘉说："来去我有自由，给你面子问你一声，倒惹你拿糖作醋。"

另一处是说冬至这天，方家老太爷打来电话，要儿子媳妇晚上回家吃饭。鸿渐跟柔嘉说了，柔嘉说："真跟你计较起来，我今天可以不去，前一晚姑母家里宴会，你不肯陪我去，为什么今天我要陪你去？"鸿渐笑她拿糖作醋——去姑姑家跟去公婆家能一样吗？

这两处都可说是借喻。《围城》写的是世态人情，人情中"羡慕忌妒恨"是常有的事，这种情绪，往浅里说，就是吃醋。钱先生既通晓酿醋术，想来醋碗就在手边，书中这里那里，总会洒上几滴醋水。兹举三例：

赵辛楣对方鸿渐虽有醋意，并无什么你死我活的仇恨。

辛楣取过相片，端详着，笑道："你别称赞得太热心，我听了要吃醋的。"

方鸿渐暗想，苏文纨也许得意，以为辛楣未能忘情，发醋劲呢。

醋碗不会端得很平，有时不免洒出来泼在地上，于是笔下也就变了花样。方鸿渐搭上唐晓芙，约出共同进餐，提出要趋府拜访，唐小姐说非常欢迎，又说父母对她姐妹们绝对信任，"不检定我们的朋友"。方鸿渐在回家的洋车里，想今天真是意外的圆满，可是唐小姐临了"我们的朋友"那一句，又使他作醋泼酸的理想里，隐隐有一大群大男孩子围绕着唐小姐。

钱先生的酿醋术，不止这简单的几招。山西醋里有"老陈醋"，不知镇江醋里有没有"老陈醋"，倒是钱先生的酿醋作坊里，确确实实有"隔年醋"。方鸿渐和孙柔嘉的恋爱关系确定后，柔嘉强迫鸿渐说出他过去的恋爱经历，鸿渐不肯讲，经不起柔嘉一而再再而三的逼迫，讲了一点。孙柔嘉嫌不够，他又讲一些，柔嘉还嫌不详细，说道："你这人真不爽快！我会吃这种隔了年的陈醋吗？"

《围城》里的醋，前面说的隔年醋，也是按年份说的。钱先生聪明过人，酿醋术上，断不会甘于平庸。《围城》里，他发明了一种新的品牌，以处所命名，称之为"隔壁醋"。它是在湘西三闾大学校园里酿制的。

孙小姐和陆子潇通信这一件事，在方鸿渐心里，仿佛在复壁里咬东西的老鼠，扰乱了一晚上，赶也赶不出去。他险些写信给孙小姐，以朋友的立场忠告她交友审慎。最后算把自己劝相信了，让她去跟陆子潇好，自己并没爱上她，吃什么隔壁醋，多管人家闲事？

怎么起了"隔壁醋"这么个品牌名？无他，陆子潇住在方鸿渐隔壁也。

钱先生的醋作坊里，还有一种醋，不酸，但确实是钱氏品牌醋的一种。苏在赵辛楣、方鸿渐、曹元朗三个男人之间周旋，喜欢的还是方鸿渐。有一次方对曹元朗表示了某种忌恨，苏文纨听了似嗔似笑，左手食指在空中向他一点道：

"你这个人就是爱吃醋，吃不相干的醋。"

仿红葡萄酒有"干红"之例，这种醋可称为"干醋"吧。

（摘自《读者》2022年第8期）

# 废品堆里的"艺术人生"

马宇平

位光明现在是"位老师",而不再是"那个收破烂的",这事发生得有点突然。

他回忆,半个月里,自己接待了35家媒体的记者,生平被用中文和外语书写、转载:一位艺术家,白天收废品,晚上画油画,养活在老家的妻子和4个儿子。

这故事打动了很多人。

最近,他接到了300多幅画的订单,算一算得画到年底。

位光明回忆,以前一个月能"成交"20多幅画,一幅卖300元,扣除画布、颜料成本和快递费,每幅赚200元左右。每月电费是一幅莫奈的《一束向日葵》,油钱得3幅库贝尔的《海浪》,老家4个儿子的学费和生活费需要15幅毕沙罗、马里斯、希施金的作品。

　　"有感觉"的时候，位光明能以每天两三幅的速度临摹那些受大众喜爱的大师作品，加上卖废品的收入，每攒够三四千元，就给妻子转账。上个月他出名了，画卖得好，转回家9500元，创了最高纪录。

　　有人提醒他，"废品还得收"，那是"人设"，不能丢。他很赞同，但他还有自己的理由："网络上这个'火'也就一两个月，以后生意不好了怎么办？"

　　他认为自己的绘画水平很低，但他似乎参透了人们关注他的理由："可能是身份的反差吧，社会需要正能量，平凡之中总会有那么几抹亮色。"

## "手艺和艺术是两回事"

　　7月的一天，"画家"位光明照例去收废品。

　　负重几百斤的三轮摩托车出现故障，位光明脱了上衣，推车回家。天黑了，气温还稳定在33摄氏度，不到5公里路，位光明推了3个多小时车，喝了3瓶水。

　　在绍兴市越城区东堰村里，人们习惯喊他"老位"。他租的房子，门框最高处不到170厘米，美其名曰"谁进来都得低下高贵的头颅"。20平方米的房间，一半用来堆废品。废纸板挨着墙堆到两米高，再往上一点，悬挂着十几幅色彩艳丽的油画。来访者曾因此产生浪漫的联想："老位世界里的艺术，就是比生活高出的那一点点。"

　　在媒体为他还原的"艺术人生"里，位光明是"苦难画家"，是读《史记》《庄子》《战国策》的读书人。他不舍得买衣服，却买75元一支的英国乔琴颜料和175元一支的伦勃朗颜料，"他喜欢在风浪里画几只海燕，因为那就像他，一生不断迁徙，逆风飞翔"。

"不敢称画家，手艺和艺术是两回事。"位光明毫不掩饰地回应，"那么虚伪干吗，画卖出去就是个生计，卖不出去就是打发寂寞的方式。"那么贵的颜料他不常用，有时候薄涂一层，感受一下。画海燕是因为他小时候读过高尔基的《海燕》，他对这种鸟没什么特别的情感。"我喜欢狗，黏人又听话，猫不行，嫌贫爱富的，养不住。"

他此前的生活与"富"无关。因为贫穷，妻子生产时没去医院，位光明翻了翻书，自己接生。老家的回迁房6年前就盖好了，他拖到今年才交清房款。但没钱装修，房子一直空着。

"画画是爱好，但更多是为了赚钱。"位光明不避讳提钱，"任何事情只要认真去做，都可以赚钱。"他想过得体面，"让老婆孩子过上好的生活"。

他欣赏"苦"过的人，汉太史令司马迁、法国画家米勒。他看不上司马相如，"抛弃为他当垆卖酒的卓文君，是和陈世美一样的人"；他也瞧不起陶渊明，"为人消极，不敢面对现实"。

他谈喜欢的画家，在各种采访、讲座里总是提到米勒，因为"米勒比我还穷，在没有灯的小房子里坚持画了27年，没有任何收入"。他嫌凡·高偏执，"就像我们中国人说的自命清高"。

位光明自认为"从不清高"，只要能活下去，干什么活都行。他在砖窑推过车；在工地做小工，被欠了几个月工资；被传销团伙骗去云南，最后掰断厕所窗户的铝合金条逃了出来；他干城市基建，抢着铁锤砸过碎石，一天赚30元；他去山上挖沟埋电缆，挖一米赚60元；他养过猪，淘过大粪，在码头搬过黄酒……只有收废品这行，他做了十几年，"能赚到钱，也不用看人脸色"。

## "都是垃圾"

位光明会不厌其烦地向来访者讲述，自己经常在短视频网站发布画作，一名网站的工作人员买了画，还把画画者的故事做成视频发出来，引起了媒体的注意。

和很多民间油画爱好者一样，位光明的艺术人生离不开网络。开始学油画以后，位光明就活跃在百度贴吧和微博中。绝大多数情况下，他发的微博只有自己回复，内容是4个选项的循环——"好""好看""好画""画得真好"。他用小刀把那些无人回复的油画习作割破，再劈断，带到村口的垃圾桶旁烧掉，他说先后烧了500多幅。"连废品都不算，都是垃圾。"

他画画纯粹靠自学，但"老师"不少。他回忆，读小学时，曾把宣纸铺在《红楼梦》《三国演义》等连环画上，先摹再临，直到用毛笔勾边时手一点儿都不抖，再照着原图上色。他只记得《西游记》是刘继卣的版本，其他画册的出版社、画家名字都记不清了。

过去几年，他也看了不少美术教学书，练习不同的握笔方法。"想找一种最适合自己的用笔方式，画出一种最适合自己的绘画风格"，但"一直在瓶颈里出不来"。

如今，位光明火了，但他一直提防着突如其来的成名和突如其来的记者。他怕"被捧杀"，不开直播，担心自己什么"干货"、才艺都没有，却有人打赏，伤了"读书人"的面子。"君子不饮盗泉之水，不食嗟来之食。做人要有骨气，我不能做网络乞丐。"

镇里邀请位光明开"光明讲堂"，给村里的孩子讲"学习艺术的好处"。前一晚，他坐在出租屋的床上练习了一下，花了5分钟讲学艺术的经济回报，和"美"相关的，他想了半天，努力避开"物质"那层，讲了不到两分钟。"什么是艺术？艺术就是生活，就是有品质的生活。"位光明告诉孩子们。

他也想抓住成名的机会，盼着名气能带来资源，"资源比钱重要"。但他有时又底气不足，担心自己不能持续发光。"我知道我水平还不行，不能太把自己当回事。"

他在安静作画时会突然说一句，"艺术这个东西永远不会拒绝任何人爱它"。但半瓶啤酒下肚后，他又说一句，"艺术就是为了炒作价格，就是为了增值，卖得出去就是生意，卖不出去就是艺术"。

他鼓足勇气回绝了一位纪录片导演的邀请。"我没那么多时间，要过生活，要养一家人的。"对他而言，更急迫的还是那些订单。让那些已故大师的名画从自己笔下快速流出，变成老家新房子里的瓷砖、水龙头、燃气灶，变成儿子们的学费和一家人的生活。

（摘自《读者》2021年第18期）

# 陪我上山看星星

明前茶

如果你是一名北京女性，29岁，未婚，而最近印象不错的相亲对象告诉你，他比你小4岁，从小在安徽小城镇的单亲家庭长大。母亲硬是凭着踩踏缝纫机的收入，供他念完本科和研究生。除此之外，他一无所有，你还会与这样的男生交往下去吗？

说实在的，我的闺密林童见过肖南后，也是犹豫的。看得出，虽然出身如此寻常，肖南身上却毫无卑怯之气，他是淡然而清醒的，应对得体，不卑不亢。他们第一次见面后不久，北京的初雪就来临了。肖南在某一天傍晚打电话给林童，说他是北京一家民间观星组织的成员，今晚，他将与十几位小伙伴一起去门头沟白铁山上的灵岳寺，在那里观看一年一度的双子座流星雨。在午夜两点，拖着燃烧尾巴的火流星，将会接二连三地出现。"你愿意去吗？山上很冷，加厚的羽绒衣裤，我已经替你买好了。"

　　出于好奇与礼貌，林童换好连帽羽绒衣，和让她走起路来像笨拙企鹅的羽绒裤，在脚踝上贴上暖宝宝，跟着去了。

　　车程两小时才抵达门头沟的斋堂镇，在盘山路上行驶十几分钟后，众人不得不下车徒步上山。林童刚走两步，肖南就唤住了她，在她平底靴的前脚掌上，系上一个麻绳圈，说这样走冰雪台阶，就不会滑倒。

　　灵岳寺在海拔800米的山顶，从停车点走过去要一个多小时。越向上走，空气越清爽，丝丝发甜，像刚刚结晶的冰糖。头顶上，双子座流星雨的序幕已经拉开，不时有流星擦过深蓝偏紫的天际，拖着长长的尾巴倏忽而逝。仰头望天，你似乎可以听到流星的笑声、歌声与低语。它们甩动的尾巴有红色、亮橙色、橙白色、白色之分，它们有的在冲撞，有的在滑翔，有的在吟叹。敏感如林童，甚至可以听到它们作为宇宙的尘埃，擦过地球大气层时，被点燃的轻响。此时，北风已经把雾霾吹散，天空与群山之间有墨染的层云。星光下，秃树们的剪影如此优美，一些枝丫像大地伸展的触手，上接璀璨的星河。

　　林童被这样近在咫尺的美震惊了。在北京生活了29年，她从来没有意识到，不用开车走很远，就会站立在如此浩瀚无垠的星辰下。在山顶仰望，星辰遍布天幕，仿佛在昭示着宇宙的浩渺，与人生的珍贵与渺小。肖南给林童看他保存在手机里的星轨照片，这是他从前在东灵山上拍摄的图片——在唱片划痕一般的星辰轨迹之下，大地像凹陷的盘子脉脉含情地敞开胸怀，稀疏的树影点缀在它的边缘，而在视野聚焦处，观星者的橙色帐篷点了灯，仿佛在确凿无误地说："万千星辰下，有我。"

　　肖南说，北京的观星者，是有福的。北京的西北面有山，东灵山海拔2000米以上，海坨山、百花山海拔也有2000米左右，这个高度已突破了雾霾的干扰。另外，北京周围的城镇化发展，不及长三角一带那么发达，开车走出六七十里地，浓厚的夜幕就像墨汁一样笼罩大地，这是观星良好的前提条件：没有彻夜不休的光污染。

那天抵达山顶后，肖南的伙伴们迅速架好相机，开始做流星的计数与标准观测。他们会统计双子座流星雨在每个亮度等级上的分布，做成一张曲线图，提交给国际流星雨组织。这是观星爱好者从业余级别向专业级别跨越的标志。林童问肖南，为什么他不做这样精细的记录，肖南说，观星对他而言，纯粹是美的享受，五官感触的开启。"就像品红酒一样。人总不能在品红酒的那一刻，同时做化学实验，分析红酒的成分并产出一份数据报告。"

这句话说乐了林童。这一晚，两个人坐在凌晨两点半的星空下，林童问了她最好奇的一个问题："你怎么会提前买好羽绒衣裤？你怎么知道我会答应跟你去观星呢？"她的潜台词是，这邀请，并不像邀约相亲对象去看电影或喝咖啡，它注定属于一小撮人，属于那些超脱而又具备理想主义气质的灵魂。你怎么判断萍水相逢的女伴，是同道中人？

肖南微笑道："羽绒服是一年多前我开始相亲时，就买好的。我确认世间有个志趣相投的女生在等我，她迟早会出现。而且，你没有意识到吗？你的微信朋友圈出卖了你。在我们认识之前，你就转发了星空图片。"

原来如此！

（摘自《读者》2022年第5期）

# 致　谢

　　2021年7月1日，习近平总书记在庆祝中国共产党成立100周年大会上指出："一百年前，中国共产党的先驱们创建了中国共产党，形成了坚持真理、坚守理想，践行初心、担当使命，不怕牺牲、英勇斗争，对党忠诚、不负人民的伟大建党精神，这是中国共产党的精神之源。一百年来，中国共产党弘扬伟大建党精神，在长期奋斗中构建起中国共产党人的精神谱系，锤炼出鲜明的政治品格……"这些精神包括井冈山精神、长征精神、遵义会议精神、延安精神、抗战精神、西柏坡精神、抗美援朝精神、"两弹一星"精神、改革开放精神、抗洪精神、抗震救灾精神、脱贫攻坚精神、抗疫精神等伟大精神。为了与广大读者一道更加深刻地理解、感悟并弘扬这些伟大精神，我们编选了"读者丛书（2022）"作为这套丛书的第6辑。丛书以"建党精神""脱贫攻坚精神""抗疫精神""'三牛'精神""科学家精神""企业家精神""探月精神""新时代北斗精神""丝路精神""改革开放精神"为主题，从以《读者》为代表的各类报刊、图书、网站等渠道精选了600多篇精美文章汇编成书，所选文章以生动鲜活的事例印证、诠释了这些伟大精神的深刻内涵和永恒魅力，激励我们永远斗志昂扬、奋发向上。

比之往年，今年的"读者丛书"有了几点变化：一是以出版年份作为新一辑丛书的标记；二是为了满足不同读者的阅读需求，我们还增加了两个小套系：一套精选了近180篇适合中学生阅读并且有助于他们正确处理与同学、老师和家长关系的文章汇编成3册，这些文章通过一个个生动有趣的小故事阐述了深刻的人生道理，能让读者在轻松有趣的阅读氛围中享受成长的快乐；另一套则以"家庭家教家风"为主题，分别精选相关美文编辑成3册，希望我们能继承中华优秀传统，建设文明家庭，传承良好家教，树立纯正家风，营造出更加和谐文明的社会风气。

与往年一样，"读者丛书（2022）"的策划、编辑、出版得到了中共甘肃省委宣传部、甘肃省新闻出版局以及读者出版集团、读者杂志社等各方的指导和帮助，在此深表谢意！与此同时，丛书的编选也得到了绝大多数作者的理解和支持，他们对作品的授权选编和对丛书的一致认可解除了我们的后顾之忧，对此我们表示诚挚的谢意！虽然我们尽力想把工作做得更细致、更扎实，但因为种种原因依然未能联系到部分作者，对此我们深表歉意，也请这些作者见到图书后与我们联系。我们的联系方式是：甘肃人民出版社（甘肃省兰州市曹家巷1号新闻出版大厦14楼，730030，联系人：高茂林，18609310188）。

"江山无限好，祖国万年春。"编辑出版"读者丛书2022"，我们希望与广大读者一起继承和弘扬这些伟大精神，把伟大祖国建设得更加美好。

读者丛书编辑组

2022年8月